Vero KAa

Bunt gewürfelte Geschichten

Erzählt, gehört und aufgeschrieben

Impressum

1. Auflage

Covergestaltung Canva Designe /VC/ Bild GUMU Fotografie
Illustration Würfel: Pixabay
Lektorat: Elsa Rieger
Imprint: Independently published

Bunt gewürfelte Geschichten

Inhaltsverzeichnis

Der siebte Hochzeitstag

Sabine blickte von der Balkontür des Esszimmers aus auf die Terrasse. Hier stand der lilablau leuchtende Hortensienstock. Noch war er in durchsichtige Folie gehüllt.

Sie schüttelte den Kopf und dachte, was für ein Glück, Gregor hat unseren siebten Hochzeitstag nicht vergessen. Seine Überraschungen, wie er es nennt, kommen entweder einen Tag zu früh oder einen Tag zu spät.

Niemals hatte sie darüber ein Wort verloren. Denn sie liebte Gregor. Und sie liebte Hortensien. Besonders in dieser Farbe. Diesmal war das Geschenk zur rechten Zeit da, aber musste es jedes Jahr das gleiche sein? Immerhin war der Blumentopf anders als jene in den Jahren davor. Ein blau gebrannter Steintopf strahlte ihr entgegen, wodurch die Hortensie selbst durch die Folie fantastisch zur Geltung kam.

Genau genommen hatte Sabine sich etwas anderes gewünscht.

Bei jeder Gelegenheit schwärmte sie Georg von einem Wellnesstag vor, da sie beide im Berufsleben sehr angespannt waren. Mal einen Tag ganz allein ausspannen und relaxen, hatte sie oft und oft erwähnt. Es sollte der Wink mit dem Zaunpfahl sein.

Doch wenn sie heute den Hortensienstock auf der Terrasse betrachtete, wusste sie, ihr Wunsch war bei Gregor nicht angekommen.

Im Gegensatz dazu hatte sie für ihren Mann etwas Besonderes arrangiert. Er liebte Opern und Musicals. Sabine nicht. Deswegen hatte sie für ihn allein eine Reise nach Zürich zum Musical ›Das Phantom der Oper‹ inklusive Busreise gebucht. Alle Unterlagen steckten in einem Kuvert, auf dem eine weiße Maske klebte. Seitlich hing ein roter Luftballon. Die Schlagzeile darauf, in weißer Schrift gemalt: Alles Liebe zum verflixten siebten Ehejahr!

Vielleicht war es ein Fehler, grübelte Sabine nun, denn sie wusste, er verreiste nicht gern allein. Es hieß abwarten. Gregor duschte. Ein kurzer Blick in den antiken Spiegel, der im Flur hing, verriet ihr: Du siehst heute richtig gut aus.

Zurück im Esszimmer zündete sie die sieben roten Kerzen an. Sie hatte die Tischdekoration komplett in Rot gestaltet. Alles passte wunderbar zu der weißen Tischdecke und dem weißen Geschirr.

Der heutige Tag sollte etwas Besonderes sein. Aus der Küche drang der Kaffeeduft. Der Eierkocher meldete sich.

Gregor hüpfte, eine Melodie pfeifend, die Treppen herunter. Sabine wollte an ihm vorbeihuschen, um die restlichen Dinge fürs Frühstück auf den Tisch zu stellen.

Doch ihr Mann war schneller, er schnappte nach ihr und drehte sie, trotz des Tabletts in ihren Händen, zu sich um. »Mein Schatz, alles Liebe zum Hochzeitstag. Mögen wir noch viele gemeinsame Jahre miteinander verbringen«, flüsterte er ihn ins Ohr und küsste sie.

»Gregor«, hauchte sie und schob ihn Richtung Esszimmertisch. Sie musste das Tablett loswerden. Er ließ sie los und bestaunte den mit viel Liebe gedeckten Tisch. Dann sah er den Luftballon. Er wurde verlegen und etwas unruhig.

»Schatz, alles in Ordnung. Ich habe mich über den Blumentopf sehr gefreut. Du weißt, ich liebe

Hortensien. Lass uns frühstücken.« Sie schenkte ihm Kaffee ein.

Sabine biss gerade in ihr aufgebackenes Marmeladebrötchen, als Gregor sagte: »Ich glaube, da ist ein Auto vorgefahren.«

Es läutete. Sabine öffnete mit dem Brötchen in der Hand. Der Fahrer vom Transport stellte ihr ein Paket vor die Füße. »Gregor, kommst du bitte. Da ist ein Paket und mein Name steht darauf. Kein Absender. Komisch.« Sie fühlte sich überrumpelt. Schob mit dem Fuß das Paket in der Flur und schloss die Tür.

Gregor trug den Karton ins Esszimmer. »Mach es bitte auf.« Er lächelte.

Sabine gehorchte und betrachtete den Inhalt. Da gab es einen kuscheligen blütenweißen Frottee-Bademantel, Pantoffeln, einen schicken dunkelblauen Badeanzug, bedruckt mit zartlila Hortensien, wie süß. »Nanu?« Sie sah erstaunt zu Gregor hoch.

Er zwinkerte ihr zu. »Es ist alles, was du für ein Wellness-Wochenende brauchst, mein Schatz.« Mit einer tiefen Verbeugung wie vor einer Königin überreichte er ihr den Gutschein für den Spaß-Tag. »Kommt, Mylady, wir frühstücken weiter.« Lachend packte er sie, hob sie auf die Arme und trug sie zum Tisch zurück.

Wie bezaubernd ist das denn, dachte sie gerührt. Nicht nur, dass er meinen Zaunpfahl verstanden hat, nein, er behandelt mich wie ein Kleinod. Sie schlang die Arme um seinen Hals und küsste ihn innig, als er sie auf ihrem Stuhl absetzte.

Jetzt sollte er seine Überraschung öffnen. »Jetzt du, Schatz.« Nervös wartete sie auf Gregors Reaktion. Ob es ein Treffer oder eine Niederlage sein würde?

»Das ist ja eine Wucht, mein Herz!«, rief er begeistert und strahlte wie einhundert Tausend-Watt-Lämpchen.

Erleichtert griff Sabine zur zweiten Hälfte ihres Brötchens und biss herzhaft zu. Auch das so genannte ›verflixte siebte Jahr‹ hatte einen guten Start hingelegt, was sollte da noch schiefgehen?

Der Weg

Es ist dein Weg,
du gehst ihn allein.
Dann zu zweien.
Zu dreien.
Zu vieren.
Zu fünfen.

Die Jahre vergehen.
Sorglos zu fünft.
Sorglos zu viert.
Sorglos zu dritt.
Sorglos zu zweit.
Im Alter kann sein:
Traurig allein.

Pilotprojekt

Hannes ist von Beruf Ökonom und Architekt für Denkmalschutz. Er möchte seinen Bauernhof umgestalten. Das riesige Grundstück mit dem veralteten Hof, direkt vor den Toren Berlins, hat ihm sein Opa vererbt. Im Moment wohnt Hannes in seinem Wohnmobil auf dem Grundstück.

Er genießt die Natur in vollen Zügen. Während er zum Horizont blickt, sieht er die Wolkenkratzer der Stadt Berlin. Warum nur, fragt er sich, wurde alles so zugebaut.

Hannes liebt diesen Landstrich, hier war immer sein zweites Zuhause. Während seines Studiums haben der Opa und er Pläne geschmiedet. Das gesamte Hofgelände wollten sie in eine Bauernlandschaft für freilaufende Tiere wie Ponys, Esel, Ziegen, Hühner und Gänse umwandeln. Zusätzlich einen großen Garten für Obst und Gemüseanbau anlegen. Zwei neue Gebäude sollten als Ferienparadies für Kinder entstehen. Nach dem Motto: raus aus der Großstadt in die Natur.

Opa war Hobbyflieger, in der alten Scheune stand immer noch sein kleiner altersschwacher Flieger, mit einer Plane abgedeckt. Die Scheune will Hannes zu einem Wohnhaus mit Büro umbauen. Auch der Flieger würde Verwendung finden. Hannes denkt daran, die Pilotenkanzel in seinem Büro als Sitzgelegenheit in der Besprechungsecke zu integrieren.

Professionell hatte er eine neue Bauernlandschaft mit Bleistift auf Papier skizziert, und ihn mit einem Eilantrag vor drei Monaten bei der Behörde eingereicht.

Er möchte etwas in der Region verändern, nicht nur mit Worten, nein, auch mit Taten.

Nachdenklich sitzt Hannes bei einem Glas Rotwein in seinem Wohnmobil und erinnert sich an seine Ferien hier auf dem Hof.

Sommer wie Winter war er hier. Auch in der Weihnachtszeit. Mit seinen Opa hatte er hier Silvester gefeiert. Draußen auf der Weide hatten die beiden die Böller und Raketen mit einer Zündschnur gezündet. Wegen der Brandgefahr weit weg vom Hof und der alten Scheune. Fast drei Jahre ist es nun her, dass sein Opa verstarb.

Hannes ist als Architekt für Denkmalschutz in Berlin sehr erfolgreich.

Seine finanzielle Lage erlaubt es ihm nun, die damals geschmiedeten Pläne umzusetzen.

Doch die Behörden lassen sich Zeit … sie nehmen sich die Zeit und Hannes, er muss sich in Geduld üben.

Er prostet sich selbst zu. »Irgendwann ist es so weit, jetzt freu ich mich mal drauf. Wie heißt es so schön: Gut Ding braucht Weil'.«

Der Brombeerstrauch

»Omi, fahren wir heute Brombeeren pflücken?«

»Ja.«

»Gleich?«

»Okay, gleich.«

Ich fuhr mit meinem Enkel Nico in den Wald.

»Omi schau, ein fetter Brombeerstrauch, nee, eine ganze Kette. Stopp!«, rief er, kaum waren wir angekommen.

Wir stiegen aus.

Er begutachtete die Sträucher und rümpfte die kleine Nase. »Omi, ich pflücke nicht, es ist stachelig. Ich warte im Auto.«

»He, es war deine Idee«, erinnerte ich ihn. »Schalte mir bitte das Radio an.«

Bequem lümmelte er im Sitz. Der Sound drang bis nach draußen.

Ich pflückte die Beeren und trat dabei in einen Tümpel, den der Regen am Vortag erzeugt hatte. Dabei verlor ich das Gleichgewicht und, schwupp, lag ich im Gestrüpp. Unter mir war alles glitschig und klebrig.

»Nico, Nico«, rief ich. Der Sound übertönte mein Geschrei.

Wie Dornröschen hockte ich mitten im Dornenbusch. Mein helfender Prinz war leider nicht in Sicht. Er lauschte mit geschlossenen Augen der Musik im Auto. Probeweise bewegte ich meine Gliedmaßen.

Gut, sie waren wie durch ein Wunder in Ordnung. Mühselig erhob ich mich und krabbelte aus dem Gestrüpp. Dreckig vom Schlamm, geschmückt mit roten Brombeersaftflecken, stapfte ich zum Auto. Hier streifte ich meine verschmutzten Stiefel im Gras ab. Mit verkratzten Händen und klebrig von den Beeren öffnete ich die Autotür.

Mein Prinz schoss in die Höhe. »Omi, du bist fertig? Oh, wie siehst du aus?« Ein hilfloses Grinsen huschte über sein Gesicht.

»Hab die Sträucher geknutscht.« Ich war sauer, stieg ins Auto und fuhr kommentarlos heim.

Zuhause duschte ich erstmal ausgiebig. In meinen Bademantel gehüllt rief ich: »Nico, wo bist du?«

»In der Waschküche. Fertig«, schrie er. Stolz wie Oskar präsentierte er mir meine frisch geputzten Stiefel. »Omi schau, ich habe deine Stiefel mit dieser Bürste gereinigt.«

»Wow, mit meiner Spülbürste?« Ich staunte.

Er nickte.

Meine Schusseligkeit war schuld. Ich hatte die Bürste auf die Waschmaschine gelegt und vergessen, sie wegzuräumen.

Mir fröstelte.

Nico bemerkte es. »Omi, frierst du? Brauchst du deine Heizdecke?«

»Nein, mir geht es gut.« Ich setzte mich mit einem Tee aufs Sofa.

Opa kam. Als er uns sah, fragte er: »Gibt es keine Brombeeren?«

»Viele, Opi. Aber nicht für uns.« Nico deutete mit dem Finger auf mich. Aufgeregt schilderte er mein Drama. Dass er im Auto saß, ließ er weg.

»Keinen gebrochenen Oberschenkelknochen? Kaum zu glauben«, war Opas Kommentar.

»Nein«, antwortete ich und nippte am heißen

Getränk. »Morgen geht ihr beide in die Brombeeren, meine Herren.«

Sie guckten mich entgeistert an.

»Mal sehen, was ihr sammeln könnt, denn schließlich wünscht ihr euch ja einen Brombeerkuchen. Ihr pflückt sie, ich backe, Arbeitsteilung nennt man das.«

Ihr Blick blieb entgeistert und ich lachte mir ins Fäustchen.

Insekten

Hummel, Wespe und die Biene.
Fliegen von Blüten zu Blüten.
Ihr Zuhause, eine alte Wiege.
Sie sitzend klagend auf den Blumenhüten.
»Was ist?«, fragte die Hummel.
»Mais, Mais«, antwortet die Wespe.
Die Biene: »Bitte keinen Maisrummel.«
Sie fliegen weg, für sie das Beste.

Die Fliegen, sie fliegen.
Die Bienen, sie summen.
Die Hummeln, sie brummen.
Die Schafe, sie blöken.
Die Frösche, die Kröten.
Sie quaken, sie laichen.
In Sümpfen und Teichen.
Egal, ob Wind, Sonne oder Regen.
Sie alle genießen ihr Leben.

Träume

Emelie, zwölf Jahre alt, verbrachte die Ferien bei Oma Jutta im Schrebergarten. »Omi, ich drehe eine Runde. Schau, ob meine Freunde schon da sind.«

Ihre Freunde Kati und Lars sind im gleichen Alter wie sie. Axel ist ein Jahr älter. Sie trafen sich jedes Jahr in den Sommerferien in der Gartenanlage.

Letzten Sommer hatten sie sich verbündet und die ›Höhlenforscherbande‹ gegründet.

Jede Menge Gestrüpp grenzte an die Anlage. Sie hofften, in diesem Dickicht eine Höhle zu finden.

»Omi, sie sind angekommen!«, rief Emelie außer Puste, »du weißt, heute sind wir mit dem Mittagessen dran.«

»Es gibt Eier in Senfsoße«, versprach Oma Jutta und deckte den Tisch auf der Veranda. Er wackelt, dachte sie. »Halte bitte noch diesen Sommer durch«, redete sie auf den Tisch ein.

»Omi, mit wem sprichst du?«, fragte Emelie.

Da entdeckte Jutta ein Loch in der Sitzfläche eines Stuhls. »Mit mir selbst. Kannst du mir bitte das Klebeband bringen?«

Die Enkelin lief los, kam wieder, Jutta klebte das Loch und legte ein Kissen darauf. Pünktlich trafen die Freunde zum Essen ein.

Axel schwärmte von seinem Traum. Er wünschte sich zum nächsten Geburtstag ein Fohlen. »Hoffentlich ist es nicht nur ein Traum«, sagte er und lachte.

Kati schlürfte die Senfsoße. »Die ist aber lecker!«

Lars erzählte: »Mein Traum ist, Profiboxer zu werden, wenn ich groß bin.«

»Echt?« Emelie leerte ihren Teller. »Ich träume davon, Forscherin zu sein.«

»Kati, hast du auch einen Traum?«, fragte die Oma.

Kati zuckte mit den Schultern.

»Wäre schön, wenn du auch einen Traum hättest«, meine Jutta, stand auf und setzte sich in ihren Schaukelstuhl.

Kati lächelte, sie schien doch zu träumen.

Was wäre das Leben ohne Träume, dachte Jutta und betrachtete die jungen Menschen um sich.

Autsch, mein Plagegeist

Vier Uhr morgens. Ein Nierenstein plagt mich. Jammern hilft nichts, denn diesen Schmerz kenne ich zu gut. Ich stehe auf und trinke ein Glas Wasser nach dem anderen. Es ist zum Rotz-und-Wasser-Heulen, aber diese Dinger nisten sich seit meinem siebzehnten Lebensjahr immer wieder in meiner rechten Niere ein. Die Leidtragenden sind meine Niere und ich.

Mich plagen dann höllische Schmerzen.

Jedes Mal, wenn ich in der Klinik erscheine, werde ich mitfühlend angelächelt. Ein Geschwader in weißen Kitteln trifft sich zu einem Konzil. Oft entsteht eine Diskrepanz zwischen dem Chefarzt und seinem Oberarzt, der eine empfiehlt dies, der andere jenes. Was sollen sie tun? Mir eine Infusion geben, mich beobachten oder eine Schiene zur Zertrümmerung dieses ungewollten Diamanten in meiner Niere in meinen Harnleiter legen. Das Prozedere ist mir bestens bekannt und auch nicht schmerzfrei. Wie wird es dieses Mal sein?

Ich hüpfe im Wohnzimmer von einem Bein aufs andere und hoffe, dass es draußen bald hell wird. Der Kaffee blubbert durch die Maschine. Er soll mich gefälligst aufmuntern. Wieder tigere ich hin und her. Treppensteigen soll auch helfen. So schnappe ich meinen Becher und gehe im Haus die Stufen auf und ab. Nippe zwischendurch am Kaffee. Die Schmerzen lassen etwas nach. Endlich geht draußen die Sonne auf. Flink schlüpfe ich in meine Kleider, schnappe die Jacke vom Haken, ziehe die Schuhe an und hänge meine Tasche um. Gut, dass ich gestern mein Elektrobike nicht in die Garage gestellt habe.

Die Klinik ist nur ein paar Straßen weiter. Ich setze mich aufs Rad und will los.

Die Zeitungsausträgerin kommt mit ihrer großen, vollgepackten Umhängetasche die Straße entlang und fragt: »Wo wollen Sie denn schon am frühen Morgen hin?«

»Vier Straßen weiter zur Klinik. Mein Nierenstein und ich haben ein Rendezvous auf der Urologie.«

Sie schüttelt den Kopf, denn sie kennt mich. »Gute Besserung!«

»Danke. Sie wissen doch, steinreich und doch bettelarm«, antworte ich und radle Richtung Klinik.

Der Leuchtturm

Der Auftragskiller rannte mit einer Fernbedienung durch die gespenstischen Gassen Richtung Meer. Er hatte sie mit einer Nachricht per Post bekommen. Dein Leben hängt von ihr ab, suche die passenden Leuchten dazu!, stand auf dem Papier in einem wirkungsvollen Gekritzel, aber schlecht leserlich. Der Killer macht sich auf den Weg.

Während er Hecken und Zäune übersprang, grübelte er, wer ihm nach dem Leben trachten könnte. War er bei dem letzten Auftrag nachlässig gewesen? Hatte ihn jemand identifiziert? Es wunderte ihn, denn er hatte mindesten dreißig gut dotierte Morde verübt, und noch nie hatte er einen Fehler gemacht. Vielleicht war das hier bloß ein böser Witz, ein Schabernack, den ihm einer seiner Kunden spielte, aber wäre er dann so außer sich der Nachricht wegen?

Mit seinen schweißfeuchten Fingern drückte er fortwährend alle bunten Knöpfe auf diesem dreckigen Etwas in seiner rechten Hand. Er lief durch die geisterhafte Nacht mit ihren furchterregenden Geräuschen. Der Mond schimmerte gespenstisch durch die Wolken. Ein paar alte Laternen flackerten und wiegten sich im Wind.

Er sputete sich, bevor dieses Flackern womöglich erlosch, nahm nach Gefühl den Weg zum Leuchtturm.

Durchgeschwitzt erreichte er den Eingang. Es waren über einhundertfünfzig Stufen bis hinauf zur Plattform. Er kannte den Treppenaufgang. Er stieg hoch und fragte sich, was er mit der Fernbedienung hier sollte. Mehrmals drückte er sämtliche Knöpfe. Nein, hier brannten keine Wandleuchten. Schließlich stand er oben und hielt sich am Geländer fest, sein Blick schweifte durch die dunkle Nacht. Von Weitem sah er einen leuchtenden Baum.

»Das muss er sein! Sollte hier die Fernbedienung passen? Oder bist du eine Fata Morgana!«, schrie er hinab in die nicht enden wollende Dunkelheit. Er richtete sich auf, sprang wie ein Wilder drei, vier Stufen auf einmal hinunter.

Er überschlug sich. Da lag er, mit der Fernbedienung in der Hand. Das dunkle Grauen brach über ihn herein. Der helle Baum, er sah ihn vor sich und doch war er noch fern.

»Meinst du ihn?«, fragte eine schwarze Gestalt,

in einen zerrissenen Umhang mit Kapuze gehüllt. Sie zeigte mit ihrem knochigen Finger dorthin.

Der Auftragskiller röchelte. Er robbte vorwärts, Richtung Licht. Festgekrallt in seiner Hand lag die Fernbedienung.

»Noch ein Stück, noch ein Stück!«, feuerte ihn die Gestalt an.

Er kroch und kroch. Näher und näher. Das Ziel vor seinen Augen der leuchtendende Baum.

»Drücke den roten Knopf!«, befahl die Stimme.

Er drückte auf den roten Knopf und die Lichter erloschen. Er drückte auf Grün. Doch die Lichter blieben aus.

Der Gevatter rief: »Du hast es geschafft. Es ist ein Feigenbaum, seine Lichter waren dein Leben. Nun bist du eine weitere Trophäe in meiner Sammlung. So wie deine dreißig Opfer, die du gejagt hast, wie ich jetzt dich. Späßchen meinerseits.«

Der Auftragskiller schloss die Augen und hörte den Tod noch kichern, ehe ihm das Licht ausgeblasen wurde.

Klimawandel

Die Dürre macht keinen Halt.
Zu sehen an dem trockenen Wald.
Die Dürre wird uns verfolgen.
Zu sehen an den vertrockneten Maiskolben.

Die Bauern bangen um ihre Existenz.
Da diese am seidenen Faden hängt.
Wer vermag es zu ändern?
Wir, die Menschen, in allen Ländern.

Nicht alles ist zu hinterfragen.
Die Zeit ist da, etwas wagen.
Die Ausbeutung der Erde zu untersagen.
Nicht mit Wehmut dauernd klagen.

Globales Handeln ist gefragt.
Die Worte so mancher Staat nicht hören mag.
Die Erde, ein runder Ball.
Ermahnungen verpuffen wie ein Schall.

Wie schön kann diese Erde sein.
Bitte, bitte lasst sie nicht allein.

Ein Pferd namens Flieder

Die siebzehnjährige Inge fährt mit ihrer roten Vespa zum Einkaufen ins Dorf. Sie mag diesen kleinen Laden, in dem man sich auch gern zu einem Plausch trifft. Die Menschen kennen Inge schon gut. Es sind Sommerferien, die sie auf dem Schloss bei ihrem Opa, dem Baron Klaus von Bassist, verbringt. Er ist ein brillanter Pferdezüchter.

In seinem Schloss finden täglich Führungen statt.

Außerdem gibt es im Süd-Trakt Zimmer für Übernachtungsgäste.

Vor Jahren gebar die Stute Angi in der Natur ein weißes Fohlen. Direkt unter einem weißen Fliederbaum. Der Baron war total aus dem Häuschen. Er nannte das Fohlen ›Flieder‹.

Im Laufe der Jahre wuchs Flieder zu einem starken Hengst heran, der nun nicht mehr ganz weiß ist, denn er trägt ganz besondere Zeichnungen. Zwischen den Augen und den Nüstern glänzen schwarze Punkte, seine Fesseln und sein Schweif sind tiefschwarz. Flieder wurde als Rennpferd ausgebildet und die Pferdezüchter beneiden den Baron um ihn. Er gewinnt jedes Jahr Pokale und viele Auszeichnungen. Gerne hätten die Züchter ihn dem Baron abgekauft.

Doch Opa winkt stets ab. »Meine Enkelin Inge wird Flieder erben. Ihr Herzblut gehört diesem

Hengst.« Inge weiß noch nichts davon. Es soll eine Überraschung zu ihrem achtzehnten Geburtstag in fünf Monaten werden.

Im Moment packt sie die Einkäufe vom Laufband in den Korb. Auf einmal hört sie zwei Kunden reden, die gerade den Laden verlassen. Nur Bruchstücke bekommt sie mit, »Pferdekoppel – Unfall – Flieder – schlimm«, dann sind sie draußen und fahren mit ihrem Auto weg.

»Ich muss zu Opa«, ruft Inge aufgeregt, rennt hinaus, stellt eilig den vollen Korb in die Halterung und schwingt sich auf die Vespa.

Vor dem Schloss parken unbekannte Autos. Weiß Opa schon von dem Unglück? Schnell lehnt sie ihr Gefährt an das Eingangsgeländer. Es kippt mitsamt dem Einkaufskorb um.

»Egal, ich muss zu Opa«, murmelt sie nervös und rennt die Stufen nach oben.

Im Schlossfoyer springt ihr das Ölgemälde in

die Augen. Es hängt in einem übergroßen Bilderrahmen und zeigte Opa Klaus, der stolz auf seinem weißen Hengst Flieder sitzt. Opas Freund hat es vor fünf Jahren gemalt.

Sie betritt Opas Lieblingsort, die Bibliothek. Er sitzt in seinem Sessel und schaut auf.

Traurig sagt er: »Kind, leider ist etwas Schlimmes passiert. Flieder stürzte auf dem Weg zum Renntraining über zwei nebeneinanderliegende Pflastersteine, die locker waren und ein paar Zentimeter aus dem Boden ragten. Tierarzt Bertram hat ihn gleich mit in die Klinik genommen. Unsere beiden Pferdebetreuer haben ihn begleitet. Magst du mit mir zur Klinik fahren?«

»Wird er wieder heil?« Ihr schießen die Tränen in die Augen.

»Hoffen wir es, Liebes.«

Vor der Klinik kommt ihnen Bertram strahlend entgegen. »Flieder hat Glück im Unglück gehabt. Er wird wieder, es sind nur Prellungen.«

Schon saust Inge los zur Box, in der Flieder liegt, die Schmerzmittel haben ihn beruhigt. Sie schmiegt sich an ihn und liebkost ihn. Bertram und Opa beobachten sie.

»Herr Baron, eine gute Nachricht«, sagt Bertram. »Mary ist trächtig von Flieder. Für die Nachfolge ist gesorgt.«

Der schöne Hengst schnaubt leise und Inge lässt ihn ausruhen. Sie schließt die Tür der Box und drückt ihren Opa ganz fest. Sie ist einfach glücklich.

So entspannt fallen ihr die Autos vor dem Schloss ein. »Wem gehören denn die vielen Autos vor dem Schloss?«

»Oh, ich habe vor Aufregung die neuen Hausgäste vergessen«, antwortet Opa und greift sich an den Kopf. »Kein Wunder, denn Flieder war doch viel wichtiger.« Er lächelt und nimmt das Handy aus dem Sakko. »Frau Berta, beruhigen

Sie unsere neuen Gäste, ich komme sofort, um sie willkommen zu heißen.«

Inge hört die Hausdame antworten: »Aber ja, Herr Baron, alles mit der Ruhe, sonst geht es Ihnen wie unserem Flieder und Sie stürzen und verletzen sich.«

Opa lacht. »Alles ist gut, meinem Flieder ist kaum was passiert. Wir kommen jetzt.«

Blöder Scherz

»Jürgen erstickt!«, brüllte Martin und rannte hinaus auf den dreckigen Schulhof. Vor Angst und Wut trat er gegen eine Mülltonne. Der Inhalt, vorwiegend vergammelte Brotreste, kullerte auf den Beton. Flink ergriff er den Unrat und warf ihn in die rollende Tonne.

»Wer, was erstickt?!«, rief Bernd. Er preschte mit seinem Skateboard auf den Hof.

»Schmeiß dein Board in die Ecke und komm mit ins Klassenzimmer.« Sie waren Schüler der elften Klasse.

»Hättest du gern.« Bernd stieg ab, ihn brachte nichts aus der Ruhe. Er trabte achselzuckend mit dem Board unterm Arm hinterher.

Sie betraten den Klassenraum.

»Wo ist Jürgen? Es saß soeben noch vorm Computer.« Martin war außer sich vor Sorge und rief: »Jürgen, wo bist du?«

Bernd blieb cool. Er schnappte die aufgebrochene Tüte Chips, die vor dem PC lag und schob sich eine Handvoll nach der anderen schmatzend in den Mund.

»Ein dicker Hund, Martin, was du für ein Theater aufführst. Es ist niemand hier.« Er trank aus der Colaflasche, die auch neben dem PC stand. Es schüttelte ihn, er fasste sich an den Hals. »Was für ein Scheiß, mein ganzer Rachen brennt«, jammerte er und krähte: »Wasser, Wasser!«

Jemand aus der Direktion hatte mittlerweile die Rettung gerufen.

Ein Gewitter zog auf. Bernd rang nach Luft und eilte Richtung Hof. Es gab einen Knall, Bernd brach zusammen.

Die Rettung war gerade eingetroffen.

Ein Sani stiegt aus und rief: »War das ein Schuss? Wer hat einen Revolver? Wir müssen die Polizei rufen!«

»Es hat gedonnert, niemand hat geschossen«, meinte der Kollege grinsend und beugte sich über Bernd. Der kam zu sich und erzählte dem Sanitäter von der Cola, die er getrunken hatte.

Mittlerweile hatte Martin Jürgen gefunden und schob ihn Richtung Sani. In der Hand hielt er ein Stück Radiergummi.

»Er hatte Glück. Ich fand ihn in der Toilette. Er

würgte das Bruchstück des Ratzefummels gerade raus. Fast wäre er daran erstickt.« Martin schüttelte den Kopf.

Die Marotte von Jürgen, auf Radiergummis herumzukauen, behielt er lieber für sich.

Als er von der Toilette kam, sah er die Colaflasche im PC-Raum stehen. Er steckte sie zwar ein, aber sie gehörte ihm nicht. Nachdem er vom Sani hörte, was Bernd passiert war, entleerte er die Flasche. Fetzen von Chili flossen mit heraus. Wer sich diesen blöden Scherz erlaubt hatte, konnte nicht geklärt werden.

Ein Platzregen setzte ein. Er spülte das Geschehen fort.

Kater Kasimir

Was für ein schnuckeliges Häuschen, denke ich erneut und freue mich. Nun gehört das kleine Blockhaus auf der Lichtung, umgeben von einem dichten Tannenwald, mir. Damit habe ich mir einen Traum erfüllt. Weit und breit kein Nachbar, der nächste Bauernhof liegt weit unterhalb am Fuße des Wiesenhanges.

»Hast du denn keine Angst so allein, mitten im Wald?«, fragte mich meine Freundin Gerda, und ich sah die aufgestellten Härchen an ihren Unterarmen. Ich lächelte und schüttelte den Kopf. Andere Freunde warnten mich davor, in die Einsamkeit zu ziehen. Doch alle Unkenrufe prallten an mir ab.

Vor drei Wochen sind wir beide hier eingezogen. Das Blockhäuschen ist genau nach meinem Geschmack eingerichtet, der Kaufpreis günstig und für mich wie ein Lottogewinn. Es hat sogar einen Keller, der aus zwei Räumen besteht; einem kleinen, drei Stufen tiefer gelegenen Kühlraum mit Extratür und einem offenen Abteil, in dem ich jede Menge lagern kann. Deswegen sind die Räumlichkeiten, in denen ich ab nun lebe und arbeite, Wohnküche und Schlafkammer, nicht vollgestopft, sondern luftig und gemütlich.

Von wegen Angst! Nein, Angst kenne ich nicht. Denn ich bin nicht allein. Mein Tigerkater Kasimir ist ein besserer Aufpasser als jeder Wachhund. Er hat ein wuscheliges Fell und bringt Minimum fünfunddreißig Kilo auf die Waage. Sprunghaft wie ein junger Tiger, ständig auf der Hut, nimmt er jedes Geräusch wahr.

Ach ja, ich bin Elenora, Kasimirs Frauchen. Von Beruf Autorin, ich schreibe an meinem neuen Roman, ›Egon, der Stalker‹. Ich liebe diese Ruhe hier.

Heute ist es kalt, der erste Raureif liegt auf den Wiesen. Der Herbst zieht ins Land. Zeit, um den Kamin anzuzünden.

Ich nehme den Korb und gehe nach draußen, um Brennholz zu holen. Kasimir begleitet mich. Er schnurrt und streicht liebevoll in Achterschleifen zwischen meinen Beinen durch. Es ist ein wunderbares Gefühl, die Wärme seines Körpers zu spüren.

Ich packe den Korb voll mit den Holzscheiten und trage ihn ins Haus.

Kasimir springt sofort aufs Sofa und schaut aufgeregt schnurrend zum Fenster hinaus.

»Kasimir, was ist denn los?« Ich schaue mit ihm aus dem Fenster. »Aber da ist nichts.« Alles sieht aus wie vorher. Raureif, Stille. Was hätte sich auch verändern sollen?

Ich stelle den Korb ab, lege zwei kleinere Holzklötze auf das Zeitungspapier im Kamin und zünde es an. Das Feuer prasselt, doch es beruhigt Kasimir nicht. Normalerweise liebt er die Geräusche vom flackernden Feuer im Kamin. Heute schleicht er im Haus herum, mal springt er aufs Sofa, dann läuft er Richtung Kellertür, kratzt an ihr herum. Ich denke, er wird schon wieder damit aufhören und setze mich an meinen Schreibtisch, um weiterzuschreiben.

Doch Kasimir stört mich immer wieder, er lässt einfach nicht locker.

Ständig kratzt er an der Kellertür und maunzt. So kann ich nicht arbeiten!

Um ihn zu beruhigen, schließe ich die Kellertür auf. Mit einem Satz springt der Kater an mir vorbei die Stufen hinunter. Ich knipse das Licht an, was sieht er bloß, was ich nicht sehe?

Ein Lichtstrahl dringt unter der Türritze des Kühlraums hervor. Ein Rucken, ein Schaben und ein Klopfen sind zu hören. Dann fällt eine Tür ins Schloss. Der Lichtstrahl unter der Tür verschwindet. Sind denn da mehrere Räume hinter dem Kühlraum, die ich übersehen habe? Wohnt hier jemand ohne mein Wissen im Keller? Spukt es hier? Nun werde ich unruhig.

»Kasimir, komm, wir gehen nach oben.«

Ängstlich steige ich die Stufen hinauf. Kasimir macht aber keine Anstalten, mir zu folgen. Er sitzt vor den Kellerstufen und wartet, nur worauf?

»Komm jetzt!«, rufe ich.

Widerwillig trottet er nach oben. Ich schließe die Kellertür ab, ich habe mich sicher verhört da unten, wovor sollte ich denn Angst haben, und widme mich wieder dem Schreiben.

Kasimir sitzt auf dem Teppich neben mir.

Ein paar Stunden lässt er mich in Ruhe und ich kann mich meinem Roman widmen. Es geht um einen Stalker, den ich Egon nenne. Ich bin beim vierten Kapitel angelangt, in dem ich ihn beschreibe, als würde er vor mir stehen. Aufdringlich, mit fetten, langen Haaren. Nicht rasiert. Er trägt sehr ungepflegte Kleidung. Kein Draufgängertyp, eher ein Muttersöhnchen. Schleicht dauernd hinter seiner Traumfrau her. Unsichtbar verfolgt er sie. Legt Rosen vor ihre Haustür und auf ihr Bett. Schleicht sich in ihren Keller ein und einiges mehr. Mein Stalker ist so ein Widerling, denke ich. Es gibt noch einiges zu schreiben. Unter uns poltert es, ich erstarre. Und der Kater springt auf die Sofalehne, zerrt an der

Gardine, wirft den Blumentopf mit meinen Herbstastern um und kratzt wie verrückt an der Fensterscheibe. Ich gehe zu ihm, um ihn zu beruhigen. Doch dann sehe ich Egon, meinen Protagonisten, den Stalker, direkt vor unserem Fenster!

Ich schließe die Augen, nein, das kann nicht sein. Sieht Kasimir mehr, als ich sehen kann? Ist er deshalb so unruhig? Die Angst kriecht erneut in mir hoch. Dann reibe ich mir die Augen und blicke nochmals nach draußen. Da ist nichts. Gar nichts.

»Elenora, du bist einfach übermüdet, du solltest eine Pause einlegen«, murmle ich. Dann stampfe ich extra laut in den Keller, Kasimir im Schlepptau, und reiße die Tür zum Kühlraum auf – Stille. Keine weitere Tür, keiner da.

Ich grinse. »Was bist du doch für ein Angsthase«, sage ich. »Erweckst deine Figur zum Leben und fantasierst dir was zusammen. Das darf

Gerda nie erfahren, die würde triumphieren: ›Siehst du, ist eben doch nicht einfach so allein auf dem Land.‹« Ich nehme Kasimir hoch. »Und du, mein Süßer, hast ganz tolle Antennen, was? Spürst, was ich fühle, und willst mich beschützen. Sind aber nur komische Ideen, die Autoren so haben.« Ich drücke einen Schmatz auf seinen samtigen Kopf und lasse ihn wieder runter.

Wieder oben hole ich die Kehrschaufel mit den Handbesen und fege die Scherben vom Blumentopf auf. Kasimir hat sich beruhigt. Klar, ich bin ja auch entspannt. Er schnurrt und schmeichelt um meine Beine.

Über sieben Stunden habe ich heute an meinem Roman geschrieben. Das war einfach zu viel.

Ich kuschle mich in eine Decke und trinke noch ein Glas Rotwein vor dem Kaminfeuer. Meine innere Ruhe ist zurückgekehrt.

»Kasimir, komm, wir gehen schlafen, morgen ist auch noch ein Tag.«

Schnurrend pflichtet er mir bei.

Liebesverrat

Maras Cousine Pia wohnte in der Schweiz. Mara am Bodensee. Sie plante einen Besuch bei Pia.

Der Liebe wegen, er hieß Frank, verschob sie die Reise laufend. Seit vier Tagen glänzte diese Liebe durch Abwesenheit.

»Eine zwingende Geschäftsreise«, sagte er. Das Übliche seit Monaten. Mara vermutete eine Lüge dahinter.

Kurzentschlossen rief sie Franks Sekretärin Ulla an und die klärte sie auf.

Schock! Mara brauchte Ablenkung.

Schäumend vor Wut holte sie zuerst ihr neu gekauftes Auto beim Händler ab.

Wieder daheim übermannte sie erneut Zorn. »Frank, du bist ein notorischer Fremdgänger!«, schrie sie die Wände an und warf seine schmutzige Wäsche in einen Karton. Mit einem grünen Edding in fetten großen Buchstaben schrieb sie darauf: *Wer mit Frank ins Bett steigt, darf auch seine Wäsche waschen und ihn behalten. Er ist sowieso ein Auslaufmodell.*

Auf einen Notizzettel schrieb sie die Anschrift der angeblichen Geschäftsreise, die Ulla ihr verraten hatte.

»Für wie blöd hält er mich«, rief sie frustriert und bestellte ein Taxi.

Dem Fahrer drückte sie den Karton samt Notiz in die Hände und sagte: »Bitte hier anliefern, ich zahle im Voraus.« Der Taxifahrer las die dickgemalten grünen Worte auf dem Karton.

»Wow, zwanzig Euro«, antwortete er.

»Das ist es mir wert!« Mara zahlte, holte tief Luft und schritt Richtung Haustür.

»Ich fahre seit zwanzig Jahren Taxi, derartiges habe ich bisher noch nicht erlebt«, hörte Mara ihn brummeln.

Tja, es gibt für alles im Leben das erste Mal, dachte sie.

Ihre Reisetasche war flink gepackt. Mara hatte für Frank eine Ansage an die Küchentür geklebt. Ich bin für eine Woche weg. Wenn ich zurückkomme, bist du ausgezogen! Denk daran, es ist meine Wohnung!

Sie schnappte ihre Tasche, haute die Tür hinter sich zu und lief zu ihrem Wagen. Flink gab sie Pias Wohnort ins Navi ein, schaltete das Radio an und fuhr los.

»Heute ist Tag der Melancholie«, sagte die Moderatorin. Die alte Ballade DU von Peter Maffay erklang.

»Nein, bitte nicht diese Schnulze«, schimpfte Mara und steuerte den ersten Parkplatz auf der Autobahn an. Sie schaltete den Motor ab, stieg aus, atmete tief durch und zwang sich zur Ruhe. Frank, pochte ihr Gehirn. Er ist ein Maffay Fan.

»Ich muss ihn vergessen«, befahl sie sich und schaute dabei auf ihre Füße. »Oh nein, ich bin in den Gummilatschen unterwegs!« Sie stieß einen Schrei aus und durchstöberte ihre Tasche im Kofferraum – keine Schuhe zu finden. In ihrer Rage hatte sie die im Flur stehengelassen.

Mara stieg wieder ins Auto und bekam einen Lachanfall, ehe sie zu sich sagte: »Pia, dein Besuch ist unterwegs, allerdings in Flip-Flops!«

Immer noch lachend, mit Tränen in den Augen, setzte sie ihre Reise fort.

Das Meeting

Es war Mittagszeit. Mit einer halben Stunde Verspätung fuhren Hans und Inge Engler zu einem dreitägigen Geschäftsmeeting nach Heidelberg. Die Zeit drängte ebenso wie Hans mit seinem BMW auf der A 5.

»Schatz, wann fängt das Meeting an?«, fragte er und kaute an seinem Wurstbrötchen, Rast fürs Mittagessen war nicht möglich; keine Zeit.

»Um fünfzehn Uhr Sektempfang und im weiteren Verlauf Kaffee mit Kuchen«, las Inge ihm aus dem Programm der Einladung vor.

Im Radio wurde ein Stau angemeldet. Keine fünfzehn Kilometer, und schon standen sie mittendrin. Im Schritttempo schlängelten sie sich an dem Unfall vorbei. Ein Lastwagen hing in der Leitplanke. Die Gaffer standen links und rechts. Die Polizei hatte ihre Mühe, sie vom Fotografieren mit ihren Handys abzuhalten.

Mit einer Stunde Verspätung erreichten sie das Hotel in Heidelberg. Sie hatten Glück, es gab eine freie Parklücke. Sie stiegen aus und Hans öffnete den Kofferraum. Ihre Kleider lagen, wie immer, lose darin verteilt, damit sie nicht verdrückt wurden.

»Hans, bitte strecke deine Arme aus.« Sorgsam legte Inge die drei frisch gebügelten Hosen, zwei Hemden und eine Jacke über seinen linken Arm.

In der rechten Hand hielt er die Aktentasche und den Autoschlüssel. Zu guter Letzt klemmte ihm Inge noch den Waschbeutel unter die Achsel. Sie hängte sich ihre Tasche um und belud ihre Arme ebenfalls mit Kleidern. Mit der freien Hand schnappte sie ihren Kosmetikbeutel, zwei Kleidergürtel und klemmte den Einladungsbrief zwischen die Finger.

Ausgezeichnet, dass es in dem Hotel eine automatische Tür gab, sonst wären sie nicht hineingekommen. Bepackt wie zwei Maulesel traten sie ein und platzierten sich vor dem Empfang.

Die Damen dahinter schauten zwar recht freundlich, jedoch mitleidig. Inge entging nichts. Das Personal hatte sie von oben bis unten gemustert. Hinter dem Tresen, direkt ihnen gegenüber, stand eine Dame, modisch gekleidet mit einem eleganten dunkelblauen Leinensakko. Sie trug eine schicke hochgesteckte Frisur, wodurch ihre blonden Haare vorteilhaft zur Geltung kamen. Allerdings schaute sie durch eine dicke Hornbrille in grellem Hellblau, die nicht zu dem modischen Outfit passte. Auf ihrem Namensschild stand *Beate Marx*.

Inge legte ihre Gürtel und die Einladung auf den Schalter. Ein Luftzug fegte durch den Raum und der Einladungsbrief segelte wie ein Papierflieger in die Höhe, um dann sanft auf der hinteren Fläche des Empfangsschalters zu landen.

Verdutzt realisierten Inge und Frau Marx, was geschehen war. Beide holten tief Luft, blickten sich an und lachten. Inge hatte zuerst den Eindruck, Beate wollte sie tadeln. Doch dem war nicht so, sie stellte sich auf die Zehenspitzen, beugte sich vor, schaute durch die No-Go-Brille über den Tresen und fragte: »Für Sie bitte Beate. Haben Sie Gepäck?«

»Keines«, kam die knappe Antwort vom Packesel.

Er stand neben seiner Inge. Im selben Moment fiel seiner Eselin die Kosmetiktasche hinunter.

Beate entging dieses Malheur nicht, charmant grinste sie, legte ihnen das Anmeldeformular hin und bat um die Pässe.

Oh, dachte Inge, die Reisepässe steckten in der Umhängetasche. Wie komme ich jetzt daran? Sie hatte ihre Kleider immer noch über die Arme. Vielleicht könnte Beate die Dokumente aus meiner Tasche zu fischen.

Der Gedanken war ihr unangenehm, sie drehte sich um, ihre Augen suchten nach Hans. Doch der hatte sich abgesetzt und geisterte wie eine Vogelscheuche durch die Lobby. Gewiss suchte er den Aufsteller fürs Meeting.

Inge hob ihren Kosmetikbeutel auf. Sie musste ihre Kleider ablegen, nur wo? Sie entdeckte eine Leseecke mit Sitzmöbeln und rief nach Hans. Doch der reagierte nicht.

»Einen Moment bitte«, entschuldigte sie sich

bei der Rezeptionistin. Sie steuerte auf die lederne Sitzgruppe in der Ecke zu und ließ ihre Kleider vom Arm rutschen. Die verfehlten den Landeplatz und lagen nun auf dem Parkettboden. Gekicher drang aus der Anmeldung. Inge ließ alles auf dem Boden liegen und erledigte die Formalitäten.

Beate übergab ihr die Zimmerschlüssel Nummer 502, für die fünfte Etage. »Ich wünsche Ihnen einen wunderbaren Aufenthalt bei uns, die Pässe bekommen Sie am Abreisetag.« Beate schielte verlegen zu ihren Kolleginnen. Die grinsten immer noch.

Inge latschte zurück zu der Sitzgruppe, hob ihre Kleider auf und legte sie abermals über ihre Arme. Hans wartete ungeduldig vor dem Lift.

»Wir wohnen in der fünften Etage!«, rief Inge ihm zu.

Die Lifttür öffnete sich, Hans drehte sich zu Inge um. Er wollte sie vermutlich etwas fragen, doch dazu kam er nicht mehr. Ein Hotelboy schob zwei Wäsche-Rollwagen aus dem Aufzug und rammte Hans. Er stürzte zu Boden, vollbeladen, wie er war.

Sein Waschbeutel flog gegen eine Stehlampe. Die Rollwagen kippten um und begruben ihn unter sich.

Inge stand vor einem riesigen Wäscheberg. Kopfkissen, Bettbezügen, Bettspannlaken und jeder Menge Bade- und Handtüchern.

Von Hans keine Spur. Wild fuchtelte er in diesem Berg herum. Er arbeitet sich durch, sein Kopf, die Arme und Beine kamen zum Vorschein.

»Oh, Hans, dieses Bild von dir ist köstlich«, murmelte Inge und verdrehte ihre Augen, »ich hoffe, du hast dir nicht wehgetan.« Sie vergrub das Gesicht im Ellenbogen, als wolle sie niesen, niemand sollte ihre Schadenfreude sehen. Wie oft hatte sie Hans zu überzeugen versucht, Reiseutensilien zu kaufen? Doch Hans meinte immer: »Zu teuer, das brauchen wir nicht.«

Beate und ein Kellner eilten herbei.

Der Boy stand mit einem knallroten Gesicht stocksteif daneben. Er realisierte erst jetzt, was geschehen war.

»Ich habe ihn nicht gesehen«, stammelte er. Kein Wunder, er war von geringer Statur. Vielleicht ein Meter fünfzig groß, schätzte Inge.

Sie konnte ihrem Hans nicht aufhelfen. Der Kellner half ihm.

Wütend suchte ihr Mann nach seinen Kleidern, quetschte sie sich unter die Arme. Das Chaos vor dem Lift wurde beseitig und die beiden fuhren rauf in die fünfte Etage.

»Inge, hast du gesehen, wie dieser Zwerg zwei solche hochbeladene Wäscherollis vor sich herschob? Für ihn nicht überschaubar«, maulte Hans.

Sie betraten das Hotelzimmer. »Schatz beruhige dich, wenn es dicke kommt, dann passt aber alles zusammen.« Sie legten ihre Kleidung aufs Bett.

Inge nahm Hans in die Arme und tröstet ihn. Er schmunzelte, schaute an sich herab, er war ohne Blessuren und das zählte.

Sie räumte die Kleider in den Schrank. Nach einer kleinen Verschnaufpause im Zimmer und einer Katzenwäsche fuhren sie hinunter zum Meeting.

Der Empfang mit Sekt und Kaffeepause war längst vorbei. Sie waren zu spät. Alles war abgeräumt. Inge zog das Programm hervor und las: *Abendessen um 19.00 Uhr.*

Sie hatten noch Zeit und setzten sich an die Hotelbar. Der Barmann grinste hinter seiner Theke hervor und bot ihnen als Wiedergutmachung einen Cocktail an. Das Missgeschick der Englers hatte sich im Hotel herumgesprochen.

Der Longdrink war süffig und sie bestellten sich einen weiteren Drink. Der Barkipper servierte.

Der Magen knurrte ihnen beiden. Offenbar laut, denn der Barmann sagte: »Das Meeting und Abendessen mit Programm hat sich um zwei Stunden verschoben.« Bedauernd zuckte er mit den Schultern.

Hans schaute auf die Uhr. »So lange warten. Gibt es hier einen Snack?«.

Der Barkipper verneinte. Er bemerkte den Hunger der beiden und brachte Schalen mit Kartoffelchips und Erdnüssen.

Die Englers blieben in der Bar sitzen, sie tranken ein Mixgetränk nach dem anderen. Und der Barkipper füllte prompt die Schalen mit den Knabbereien auf. Inge und Hans wurden lustig, ihre Zunge löste sich. Hans ließ einen Spruch nach dem anderen los. Die drei verstanden sich prächtig. Gesättigt und leicht beschwipst verabschiedete sich das Ehepaar und schritt zum

Abendprogramm. Sie nippten nur an den servierten Speisen und verfolgten das Programm wie durch einen Schleier.

Die Müdigkeit holte sie ein, sie entfernten sich dezent und fuhren mit dem Lift hoch zu ihrem Gemach.

Hans schleuderte seine Schuhe in die Ecke und legte sich in der Unterwäsche ins Bett.

Während er bereits neben Inge sägte, suchte sie nach ihren Ohrenstöpseln. Müde erreichte sie das Land der Träume.

Die restlichen zwei Tage verlief das Meeting ausgezeichnet. Inge und Hans waren aber zugegebenermaßen die Lachnummer eins. Aber es bereitete ihnen keine Kopfschmerzen, ihnen war es wurscht.

Auf der Heimfahrt amüsierten sich die beiden über das Erlebte. Inge beschwor ihren Hans, sich schnellstens ein Reise-Set zu kaufen.

Zwei Jahre später fand im selben Hotel wieder ein Geschäftsmeeting statt. Ehepaar Engler war gewappnet. Es hatte sich mit einem Reise-Set, bestehend aus einem Kleidersack, diversen Reisetaschen, einem Herrenwaschbeutel und einer Kosmetiktasche eingedeckt.

Ein solches Erlebnis, das schon fast leicht an eine Blamage grenzte, mochten sie nicht noch einmal durchstehen. Ihr Stressfaktor hatte sich damit erledigt. Dieses Mal erreichten sie pünktlich das Hotel.

Beate begrüßte sie mit einem Schmunzeln im Gesicht, sie freute sich über das Wiedersehen. »Hatten Sie eine vorzügliche Anreise?«

»Aber ja«, verkündetet Hans gelassen und schaute zugleich Richtung Lift.

»Oh!«, meinte Beate. Sie hatte den vielsagenden Blick von Hans gesehen. »Bei uns hat es einige Veränderungen gegeben. Seit einem Jahr gibt es für die Hotelwäsche einen eigenen Lastenaufzug. Keine Sorge, Herr Engler, Sie werden von unserem Hotelboy nicht noch einmal unter der Wäsche begraben.«

Alle drei lachten.

Zwangspause

Jens und Hanna sind Zwillinge. Sie haben ein altes Haus im Schwarzwald geerbt, es zeitgemäß umgebaut und nun wohnen sie darin. Er ist Student in Aachen und sie selbstständige Grafikerin mit Atelier daheim.

Wegen Corona wurde die Uni geschlossen. Für Jens ist das eine staatliche verordnete Pause. Er fährt nach Hause zu Hanna.

Der Staat spricht von einer Pandemie. Wie ein rollender Zug trifft der Virus die Menschen. Just in dem Moment, als Hannas Grafikbüro Fahrt aufnimmt, kommt auch für sie der Stopp.

Heute sind sie um Wald unterwegs. Sie gönnen sich Ruhe und genießen die Natur.

»Schau, was Sabine angerichtet hat«, meint Hanna und zeigt auf die Bäume.

»Wer ist Sabine?« Jens zuckt die Schultern und verdreht die Augen.

»‹Du kennst Sabine nicht, den Sturm? Hast du ihn nicht erlebt?«, fragt Hanna entgeistert.

»Nein.« Jens ist mit den Gedanken woanders. Er lauscht dem Vogelgesang und hört den Wald rauschen. Dabei atmet er tief durch. Das hier ist seine Heimat. »Hanna, sieh nur, wie blau der Himmel ist. Du findest keinen weißen Streifen am Horizont. Die Natur erholt sich. Ist das nicht hervorragend.« Glücklich fasst er ihre Hand und zieht sie mit sich zu einer Holzbank. Hier lehnt er sich zurück und genießt das friedliche Waldleben. Entspannt blickt er um sich, doch dann entdeckt er umgestürzte Bäume links und rechts der Bank. »War das Sabine?« Ein tiefer Seufzer folgt auf die Frage.

»Ja. Wie eine Revuetänzerin ist sie durch den Wald getanzt. Hat alles niedergeschmettert, was sich ihr in den Weg stellte. Komplette Waldschneisen wurden entwurzelt.« Auch Hanna ist erschüttert. Sie liebt den Schwarzwald.

Eigentlich will Jens Hanna erzählen, dass auch er ab sofort für die Umwelt auf die Straße gehen möchte. Doch ihn verlässt der Mut und er fragt stattdessen: »Wie läuft es mit deiner Arbeit? Hast du ein neues Projekt?«

»Oh ja, es kommt eine neue Seife auf den Markt. Sie heißt Wildblumen-Seife und ich gestaltet die Werbung. Das Plakat steht kurz vor der Vollendung. Es fehlt nur der Slogan.«

»Wie sieht es aus?«

»Auf einer Wildblumenwiese tanzen Kinder um einen großen Korb voller Seife herum«. Sie lächelt auf einmal und schubst ihren Bruder. »Jens, komm, lass uns gehen. Ich zeige es dir.«

Daheim angekommen läuft Hanna sofort in ihr Büro. An der Wand hängt das verhüllte Plakat. Sie will unbedingt die Meinung ihres Bruders hören, und er folgt ihr.

Er blickt sich um. »Wo ist denn das Plakat?«

Hanna sagt: »Ha, ich habe es bedeckt, schau«, und zieht das Tuch weg.

Jens starrt auf das Plakat. Er ist sprachlos und schluckt.

»Und?«, fragt Hanna ungeduldig.

»Das ist von dir? Grafik oder gemalt? Lasst mich raten. Du hast es gemalt. Diese wunderbaren Kinder mit ihren bunten Blumenkränzen auf dem Kopf. Lachend tanzen sie im Reigen um den Korb voller Seife. Dazu passend der azurblaue Himmel mit der strahlenden Sonne, auch sie zeigt sich von ihrer besten Seite. Unglaublich, was du kannst. Du bist nicht nur eine gute Grafikerin, nein, auch eine ausdrucksvolle Malerin. Die Werbung wird aufsteigen wie Flammen aus einem Vulkan!«, lobt Jens seine Schwester begeistert.

»Es freut mich sehr, wenn es dir gefällt. Gemalt habe ich es vor der Zwangspause. Jetzt fehlt nur noch der Slogan.« Hanna kratzt sich nachdenklich hinterm Ohr.

Leise klopfen erste Regentropfen ans Bürofenster. Doch das interessiert die beiden nicht. Gemeinsam suchen sie nach dem passenden Slogan.

Plötzlich springt Jens auf und läuft einmal um Hannas Arbeitstisch. »Schwesterchen, wie wäre es damit: Zwangspause … zuhause … ergreife … die Wildblumen-Seife.« Er strahlt sie an.

»Du, bist unglaublich!« Hanna kneift ihre Zwillingshälfte in die Wange.

Buchstabenspiel - GEDANKEN

Demokratie

G … Gemeinschaft

E … Ehre

D … Demut

A … Ausdauer

N … neidlos

K … Klarsicht

E … Ehrbarkeit

N … Nachsicht

Gedanken

G … Gemeinschaft

E … Ehrfurcht

D … Denkanstoß

A … Ausdauer

N … Neustart

K … Klartext

E … Existenz

N … Nachsicht

Winter

Der Schnee knirschte unter meinen Füßen, der Wind blies mir kalt ins Gesicht.

Dick eingemummt in meinen Wollmantel, Mütze, Schal und Handschuhe war ich auf dem Heimweg von Marie. Die Säume meiner dicken Jogginghose steckten in warmen Winterstiefeln. Auf der warmen Schwarzwaldwollmütze, man nennt sie auch die Bollenmütze, leuchtete meine

Stirnlampe. Ohne sie wäre ich im Wald aufgeschmissen.

Marie, meine beste Freundin, und ich trafen uns gern zu einem Kaffeeklatsch. Sie hatte immer ein offenes Ohr. Wir redeten und redeten. Oft vergaßen wir die Zeit dabei. Marie wohnte im Stockwald auf ihrem Pferdehof. Da es schon spät war, bot sie mir an, mich mit dem Pferdeschlitten heimzufahren.

Doch ich verneinte, denn ich kannte den Weg. Für mich immer ein wunderbarer Abendspaziergang, auch im Winter. Doch dieses Mal entpuppte sich dieser abendliche Spaziergang zu einer anstrengenden Nachtwanderung heimwärts. Ich stapfte und stapfte durch den Schnee, musste aufpassen, dass ich nicht stürzte. Ein Schneetreiben hatte eingesetzt.

Ich war ungefähr zehn Minuten unterwegs, da traf ich auf die zehnjährige Luise. Sie wohnte mit ihren Eltern und sieben Geschwistern auf dem Maiershof. Der Maiershof und der Pferdehof waren Nachbarhöfe.

Ich war sehr verwundert, Luise so spät hier anzutreffen, es war bereits nach zwanzig Uhr. Weinerlich erzählte sie mir von ihrem Missgeschick. Auch sie hatte ihre Freundin Eva besucht. Eva wohnte auf dem ein Bauernhof Weisler, sie züchteten Schafe. Der Hof lag oberhalb der Bauernhöfe, hinter einer Waldlichtung. Wenn es nicht schneite, konnte man die Lichter sehen.

Luise und Eva hatten beim Schlittenfahren an einem steilen Hang hinter dem Hof die Zeit verbummelt. Da im Umfeld des Hofes alles gut ausgeleuchtet war, hatten sie die nahende Dunkelheit nicht bemerkt oder wollten sie nicht bemerken. So, wie Luise mir erzählte, hatten die beiden einen riesigen Spaß.

Doch dann bemerkte sie, wie spät es schon war, und machte sich rasch auf den Heimweg, ehe Evas Mutter es bemerkte. Ich brachte sie nachhause.

Nun hätte ich bei Marie anklopfen können, um sie zu bitten, mich heimzufahren, doch im Haus brannte kein Licht mehr, also machte ich mich erneut auf den Heimweg und stapfte abermals durch den hohen Neuschnee.

Allmählich ermüdeten meine Beine von der schweren Schneelast, die bei jedem Schritt an meinen Winterschuhen hängen blieb. Alle paar Meter hielt ich für einem Moment an und klopfte die Stiefel an einem Baum ab.

So auch jetzt, als im selben Moment Wildschweine grunzend und schnaubend vorbei spurten. Mit ihnen hatte ich nicht gerechnet.

Wie eine Statue stand ich am Baum und machte keinen Mucks. Unfähig, meine Stirnlampe auszuschalten, harrte ich aus.

Wildschweine gelten als ziemlich angriffslustig, einem Eber wollte ich nicht in die Quere kommen. Wind kam auf, blies mir den Schnee ins Gesicht, von oben platschten eisige Klumpen von den schneeschweren Ästen, doch ich wagte nicht, weiterzulaufen. Würden die Tiere zurückkommen? Was dann?

Neben mir lag ein dickerer Ast und ich nahm ihn an mich, zur Verteidigung. Wieder lehnte ich mich an dem Baum, vor Angst hielt ich die Augen geschlossen, die ich sogleich wieder aufriss, denn ein fürchterlicher Knall durchschnitt die Luft. Ein Schuss, eindeutig. Ich drückte mich noch dichter an den Baum.

Ein Eichhörnchen flitzte an mir vorbei hoch auf den Baum Richtung Krone, wohl geweckt vom Krach. Es stoppte, drehte sich um und schaute zu mir herab. Vielleicht wollte es mir Mut machen. Meine Knie begannen zu schlottern, nicht nur vor Kälte, nein, auch vor Angst. Krampfhaft umarmte ich nun den Baum und redete mit ihm. Das Eichhörnchen harrte immer noch auf seinem Platz aus. Ich fragte nach oben, was ich tun solle.

Doch statt einer Antwort fiel ein weiterer Schneebrocken von einem Ast herunter. Er verfehlte mich um ein paar Zentimeter. Glück gehabt, dachte ich.

Wieder hörte ich Geräusche, ein Auto fuhr mitten durch den Wald. Ich versteckte mich hinter dem Baum. Doch die Lichter des Autos hatten mich bereits erfasst. Es hielt.

Jemand stieg aus. Ein Mann in einer dunklen Uniform mit Leuchtstreifen kam auf mich zu.

Was wollte er von mir? Meine Gedanken überschlugen sich.

Nun schlotterten nicht nur meine Knie, nein, auch meine Zähne schlugen aufeinander. Ich rutschte immer weiter hinter den Stamm der dicken Eiche. Sie ragte weit in den Himmel hinauf. Das Eichhörnchen sah ich nicht mehr. Es hatte sich aus dem Staub gemacht.

»Hallo?«, hörte ich den Mann rufen, während er auf mich kam. »Ich bin der Förster und der Jäger in diesem Waldstück. Was machen Sie bei der Dunkelheit hier? Hier gibt es Wildschweine.«

»Ja, ich habe sie gesehen. Sie sind an mir vorbeigerast.«

»Kommen Sie, ich fahre Sie nachhause.«

Ich grinste über meine Angst von eben, dass ich vielleicht einem Verbrecher in die Hände gefallen wäre, wie hysterisch war das denn gewesen! Am liebsten wäre ich ihm um den Hals gefallen. Doch diese Blöße wollte ich mir nicht geben. Dankbar stieg ich ein.

Wir fuhren los. Unterwegs erzählte ich ihm, warum ich noch so spät unterwegs war, und von der kleinen Luise, die ich heimgebracht hatte.

»Nicht auszudenken, wenn Luise auf die Wildschweine getroffen wäre.«

Der Jäger schüttelte den Kopf und erzählte, dass er einen Warnschuss auf die Tiere abgefeuert hatte, damit sie in das Waldinnere rannten. Es war ein Rudel von mindestens fünfzehn Tieren. »Sie waren sehr mutig«, meinte er und schaute mich von der Seite an.

»Ich bin übrigens Bernd Lachmann.«

»Sofie«, antwortete ich.

Froh kuschelte mich in den Autositz.

Weihnachtsfeier

»Wie sieht es mit dem Termin für die Weihnachtsfeier aus?«, fragte Klara und goss das Wasser, mit Kräutern versetzt auf. Für einen Moment zischte es auf dem Saunaofen und alles füllte sich mit wohlriechendem Wasserdampf und heißer Luft.

»Wie üblich, bei Mario?«, schlug Monika vor und setzte sich eine Etage tiefer auf die Holzbank, »he, toll, dass wir heute die Sauna für uns haben!« Sie legte sich auf die Bank und genoss sichtlich den reichlich vorhandenen Platz.

Als der Aufguss vorbei und die Temperatur in der Kabine wieder moderater war, stöhnte Anna. »Mädels, ich habe vier Saunagänge hinter mir. Genug. Ich gehe unter die Dusche«, sie öffnete die Tür.

Die vier Freundinnen folgten ihr.

»Bleiben wir hier, um eine Kleinigkeit zu essen?«, fragte Uli.

»Nicht zu Mario?«, fragte Anna enttäuscht.

»Kein Ferienende bei ihm in Sicht«, antwortete Uli.

Sie duschten, zogen sich an und gingen in die kleine Restauration nach oben. An einem der runden Tische nahmen sie Platz.

»Die Weihnachtsfeier, wann und wo?« Monika zückte ihr Handy und schaute nach einem Termin. »Wie wäre der Dienstag, zwanzigster Dezember?«

Das von ihnen bestellte Essen wurde gebracht.

»Beschenken wir Mario, wie letztes Jahr besprochen?«, fragte Anna.

Ein einstimmiges »Ja« kam von den vier Damen.

»Hoffentlich erhalten wir kein Lokalverbot«, rief Uschi besorgt.

Nein, da waren die anderen sich einig. Seit fünf Jahren waren sie immer Dienstag nach der Sauna Stammgäste bei Mario.

Die Weihnachtsfeier. Alle trafen in festlicher Stimmung bei Mario ein.

Von ihm kam im Vorbeigehen ein kurzes »Hallo …« Er hatte viele Gäste und wies ihnen schnell den Tisch zu.

Die Mädels hatten das Geschenk für ihn in der Tasche. Endlich kam er und schrieb die Bestellung auf. Vier bestellten Weihnachtsmenü Nummer II. Gegrillte Entenbrust mit Rotkraut. Anna nahm wie immer den Salatteller, den sie zügig leer aß. Mario servierte ihr sofort den geliebten Espresso danach.

»Lecker.« Sie leckte sich die Lippen.

»Was ist da lecker? Den Espresso mit dem Minilebkuchen gibt es jedes Jahr«, stellte Uschi fest.

Anna verdrehte die Augen. Sie fühlte sich ertappt. Mario war seit Jahren ihr Schwarm. Das war den Freundinnen nicht verborgen geblieben.

»Und, wie schmeckte der Salat?«, fragte Ulli sie.

»Wie immer. Jede Menge Kopfsalat.« Anna lachte.

Es herrschte eine betretene Stille. Jede dachte an das Geschenk für Mario, den Kopfsalat.

Es war schon spät, als Klara rief: »Zahlen bitte!«

Sie brachen auf. Mario drückte jeder Dame einen Panettone in die Hand. Wie jedes Jahr …

Klara zückte als Erste ihr Geschenk und überreichte es Mario.

Er packte es aus. »Wow, ein Kopfsalat!« Mario lachte verlegen.

Es folgten die anderen Geschenke, auch die packte er aus. Nun lachte er nicht mehr und wusste warum. Seit fünf Jahren hatten sich die Damen über den Salatteller, gefüllt mit überwiegend Kopfsalatblättern, beschwert. Mit ihrem Geschenk hatten sie ihm den langersehnten Denkzettel verpasst.

»Bis nächstes Jahr«, riefen sie und verließen eiligst das Lokal.

Mario stand verdattert da. Heute Abend hatte er ihnen keine Tür aufgehalten. Der Salat verfehlte seine Wirkung nicht.

Draußen lachten die Saunadamen kräftig, riefen sich eine gute Nacht zu und fuhren heim.

Zuhause angekommen, rief Anna besorgt bei Uli an. »Du, war das in Ordnung, was wir gemacht haben?«

»Ja«, meinte Uli, »mach dir keine Gedanken und sieh dem nächsten Jahr gelassen entgegen. Schlaf gut und denke nicht mehr an Mario.«

Vorurteile, Weihnachtszeit

2019

Es ist Anfang November und es hat geschneit. Leo muss Gassi gehen. Ich ziehe mich warm an, nehme Leo an die Leine und gehe mit ihm nach draußen. Es ist Abend und kalt. Wir stapfen durch den frischen Schnee. Vor dem ersten Laternenpfosten machte Leo halt und beschnuppert ihn.

Auf der anderen Straßenseite erkenne ich Käthe. Sie winkte mir zu und ruft: »Seid ihr zurück aus Hamburg?«

»Käthe, was für eine blöde Frage. Ja, warum?«

»Ich habe euch gesehen.«

»Wo?«

»In der Fußgängerzone zwischen Obdachlosen und Punkern sitzen. Dein Mann hat Gitarre gespielt und mit ihnen gesungen.«

»Echt? Hast du dich nicht verguckt?«

»Nein. Und, habt ihr etwas verdient? Da lag ein Hut für Spenden. Einige Leute warfen Geld hinein. Habt ihr das als Geschäftsleute nötig? Ich stand in einer hinteren Reihe.«

»Wie meinst du das? Warum bist du nicht vorgekommen?«

»Zu den Obdachlosen und Punkern? Glaubst du, ich will mir eine Krankheit holen?«

»Warum eine Krankheit? Schau, ich bin gesund!«

»Na so, wie die aussahen. Und dann noch der große Schäferhund. Sei froh, dass ihr euch nichts geholt habt.«

»Dann wären wir nicht aus Hamburg zurück. Und du auch nicht, Käthe. Oder?«

Ich wandte mich wieder Leo zu. Er zerrte an seiner Leine.

»Ich muss, dann mal«, rief Käthe.

»Lass dich nicht aufhalten.«

Wir spazierten weiter. Ich lächelte, schaute Leo an und erzählte: »Die Käthe hat nicht alle Tassen im Schrank. Und doch hat sie damit recht, dass wir in Hamburg waren. Ich habe doch die Städtereise zu meinem Geburtstag bekommen, und so fuhren Herrchen und Frauchen los. In Hamburg angekommen, schlenderten wir über den Weihnachtsmarkt. Es gab noch keine weihnachtliche Stimmung. Die Weihnachtsbuden wurden erst am Abend geöffnet. Wir hörten Gitarrenmusik, lauschten und gingen dem Klang nach. In einer Geschäftspassage saß eine Gruppe von jungen Menschen mit einem Schäferhund. Sie spielten Gitarre und sangen dazu. Wir kamen ins Gespräch. Mein Goldstück, dein Herrchen, und ich setzten uns zu ihnen. Sofort reichten sie ihm eine Gitarre. Als früherer Berufsmusiker, Gitarrist und Bassist war das für dein Herrchen kein Problem. Menschen blieben stehen und lauschten dem Gesang. Lieder von den Bee Gees, Celentano, Zucchero und Ramazotti bekamen sie zu hören. Weißt du, so ein Erlebnis hatten wir auch einmal in Wien. Eine gute Stunde verbrachten wir mit ihnen. Dein Herrchen wollte alle zu einer Pizza einladen. Doch die Jungs und Mädels wollten lieber das Geld. Sie wollten Weihnachten in München mit ihren Familien feiern. So kam es, dass wir die Pizza auf der Straße aßen und ihnen die Fahrkarten nachhause bezahlten. Und Leo, weißt du was, alle kamen aus gutem Hause. Auch der junge Mann mit dem Punkerhaarschnitt. Nach ihrem Abitur 2018 waren sie ein Jahr auf Weltreise. Sie haben sich dieses Jahr, Anfang Januar, bei uns gemeldet, wollten uns zur Weihnachtszeit besuchen, doch die Pandemie hat ihnen einen Strich durch die Rechnung gemacht. Alle sind heute Medizinstudenten. Doch sollte ich das der Käthe erzählen? Nein! Leo, komm, wir gehen heim.«

Geburtstag — Pandemie 2020

Der Geburtstag.

Wie wird er sein?

Wen lade ich ein?

Wer wird kommen?

Das Fest, wird es uns genommen?

Fragen über Fragen.

Die sie/ihn schon lange plagen.

Heute ist der Tag.

Der Geburtstag,

Nicht irgendeiner?

Nicht nur ihrer oder seiner?

Auch kein Feiertag.

Nur ein Geburtstag.

Zu feiern in Einsamkeit.

Oder in Zweisamkeit.

Zwei Familien dürfen es sein.

Nun die Frage, wen lädt sie/er ein?

Marions Traum

Marion schlief, wie immer, fest eingemummt in ihren Schlafsack auf einer Parkbank. Sie war obdachlos. Ihre große Ikea-Tasche war gefüllt mit gesammelten Leergutflaschen. Sie hatte die Tasche unter der Bank verstaut. Es war bitterkalt, sie fröstelte im Schlaf und träumte.

Ihre Augen wanderten zum Himmel.

Irgendetwas war heute anders. Nur was?

Sie setzte sich auf und blickte sich suchend um.

Ein greller Lichtkegel traf sie. Was war das? Eine Fata Morgana? Spielten die Augen ihr einen Streich? Nein, ganz deutlich sah sie das verlockende Licht. Sie konnte die Wärme spüren und erhob sich. Mühselig verhüllte sie mit ihrem Schlafsack die große Tasche unter der Bank und rückte ihre zerfetzten Kleider zurecht. Das Licht leuchtete ihr immer heller entgegen, als wolle es rufen: Komm, komm …

Marion schaute an sich herunter, so zerlumpt, wie sie war, sollte sie in die Richtung des Lichtes gehen? Dabei war ihr nicht ganz wohl. Langsam und voller Ehrfurcht setzte sie einen Fuß nach dem anderen und schritt los. Das Leuchten kam näher. Sie bewegte sich langsam sich Richtung Pyramide. Angezogen von der Wärme, die das Licht ihr vermittelte, lief sie vorsichtig weiter. Noch einige Schritte, dann war sie da. Vor ihr zeigten sich große lange Tische mit weihnachtlichen Speisen. Braten, Hähnchen, Gemüse, Kartoffeln, Zuckerzeug.

Ein Astronaut bewegte sich in Zeitlupe in ihre Richtung. Sein Blick streifte sie.

Marions Herz klopfte. Was wollte er von ihr? Sie drehte sich weg, wollte die Hand zu Gabentisch ausstrecken, um zuzugreifen.

Doch jemand klopfte ihr auf die Finger und schrie: »Lass das, ich habe es zuerst entdeckt.«

Marions Finger schmerzten, der Kopf dröhnte. Angst kroch in ihr hoch. War das ein Geist?

Nein, sie spürte in ihrem Schlafsack die nasse Kälte der Nacht – es war nur ein wundervoller Traum gewesen. Fest drückte sie die Augen zu, wehrte sich gegen das Aufwachen, wollte dort bleiben, beim Gabentisch im warmen Schein. Jedoch … jemand rüttelte sie fest an ihrem rechten Arm.

Marion brummte der Schädel.

»Mach, dass du wegkommst. Es ist meine Schlafbank hier im Park. Nur weil ich mal eine Weile unter der Brücke geschlafen habe, heißt es nicht, dass du meine Bank einnehmen kannst«, drang eine unfreundliche Männerstimme an ihre Ohren.

Marion riss die Augen auf und rief: »Licht, wo bist? Wo bist du hin?«

Die Realität hatte sie eingeholt. Jemand wollte ihr Leergut stehlen. Mit allen Kräften hatte sie es verteidig und den Dieb in die Flucht geschlagen. Sie kroch abermals in den Schlafsack auf die Bank und schloss die Augen … doch der Traum kehrte nicht zurück.

Obdachlos

Es ist Herbst und der Duft vom Winter liegt in der Luft. Ein prächtiger bunter Wolkenkratzer steht mitten in einem Park und ist vom Nebel umhüllt. Am Ende seines Fußes wohnt eine Gruppe von Obdachlosen. Jedoch nicht vor dem Zentraleingang, nein, sie haben es sich mit ihren Schlafsäcken in einer Nebennische gemütlich eingerichtet. Was immer sie darunter verstehen, sie nennen es ihr Zuhause.

Die riesigen Spinnengewebe an der Wand halten sie nicht davon ab.

Fast jeden Tag kommt die Sozialküche vorbei und bringt ihnen Essen. Viele Obdachlose gesellen sich als Mitesser dazu.

Ruhig, nachdenklich und besonnen stehen die Leidgenossen in der Schlange an. Von dem einen oder anderen hörte man das Brummen ihrer Gedärme. Hunger und Kälte machen ihnen zu schaffen. So mancher war krank und sah auch nicht gut.

Einer, sie nennen ihn Hugo, schiebt einen großen Einkaufswagen mit seiner Habe vor sich her. Er hütet ihn wie einen Schatz.

Eine übergroße Linse zum Lesen ist an seinem Einkaufswagen befestigt. Nur mit ihr kann er sehen, was auf den Zetteln steht, die ihm ein Sozialarbeiter überreicht.

Hugo greift zur Lupe und hält sie vors Auge. Der letzte Flyer betrifft die Weihnachtszeit.

Dieses Jahr hat Frank Zander, der Musiker, nicht zum Weihnachtsmenü geladen, der Lockdown wegen Corona verhindert es. Es wird wohl ein trauriges Weihnachten.

Gedanken

Es sind die Staaten dieser Welt,
die nichts mehr zusammen hält.
Macht, Reichtum und die Gier.
Frage: Sind das wirklich wir?
Kriege, Hass, Armut ist das Leben?
Nein! Das Übel bringt's zum Beben.

Jeder kehre vor seiner eigenen Tür.
Auch hier gibts viel Elend und das sind wir.
Die Blindheit vor der eigenen Courage.
So mancher nicht ertragen mag.

Mein Wunsch:
Frieden auf Erden.

Meine Zweifel:
Friede, kann er wirklich werden?

Der verschwundene Tannenbaum

Ein Städtchen im Schwarzwald. Hier, im Blumenwiesenweg 5, grenzen die bunten Reihenhäuser eines ans andere. Auch die Garagen, mit ihren einheitlichen bunten Farben, stechen sofort ins Auge. Hier wohnt Familie Kaiser. Papa Rolf, Mama Madi und ihre drei lebhaften Töchter, Lotte, 18, Marie, 17, und Elli, 16 Jahre alt.

Die Mädels stecken mitten in der Pubertät. Nicht ganz einfach für Mama Madi.

Zwischen Türenknallen, sich den Stinkefinger zeigen und Worten wie »dumme Ziege« oder »dumme Gans« herrscht doch, auch wenn man es nicht glauben möchte, nach einem Machtwort von Papa Rolf die Stille Post. Doch Papa ist auf Geschäftstour unterwegs.

Der Wecker klingelt, Madi steht auf und denkt an ihre Liste. Gleich heute Morgen wird sie einiges für ihre aufmüpfigen Gören ändern. Besonders die Ansprüche ihrer heranwachsenden Töchter liegen ihr schwer im Magen.

Wenn Rolf zu Hause ist, umgarnen sie ihn, kraulen seinen schwarzgrauen Bart und streicheln abwechselnd seine Wangen, während er vor dem Kamin sitzt und dabei leise vor sich hin schnurrt. Ihr Lieblingswort für ihn ist ›Katerdaddy‹. Sie wissen ganz genau, worauf ihr Dad abfährt. Gestritten wird nur heimlich und möglichst nicht zu laut. Keimt jedoch ein handfester verbaler Streit auf, der in gegenseitigen Beleidigungen ausartet, brüllt Rolf fünf Worte: »Ruhe im Nest der Pubertiere!« Schon ist es still.

Madi schafft das nicht. Sie ist einfach zu gutmütig.

Irgendwann hat sie den Anschluss, das Neinsagen, bei ihren Kids verpasst. Zu schnell verging die Zeit, sie wuchsen und wuchsen. Nun überragen die drei Madi um eine Kopflänge. Ab heute will sie alles ändern, die Töchter sollen Pflichten übernehmen.

In Gedanken versunken schaut Madi in der Wohnküche auf den Kalender. Nur noch vierzehn Tage bis Heiligabend und diesmal fällt er auf einen Sonntag. Sichtlich nervös schaltet sie das Radio an und hörte Musik.

»Heute Morgen, Mädels, werde ich mit euch gemeinsam die To-do-Liste schreiben«, übte sie leise ihre Ansprache. Schon allzu oft hatte sie den Versuch gestartet, mit ihnen über ihre häuslichen Pflichten zu reden. Stets gaben sie sich, zwischen Tür und Angel, in höchster Eile.

Mit einem Becher Kaffee, dem Schreibblock und einem Stift gewappnet, sitzt Madi am Tisch, bereit wie ein Schießhund.

Heute sollen die Mädchen ihr nicht entkommen. Ab sofort würde sie keine Ausreden mehr zulassen, wie von Lotte: »Ich bin spät dran und muss zum Bus« oder von Marie: »Inge wartet!« Selbst Elli, die meistens rief: »Mama, ich fahre mit dem Fahrrad zur Schule, bin schon weg«.

Endlich sollen sie ihr beim Backen und Kochen helfen und das Heim weihnachtlich dekorieren. Der Tannenbaum muss gekauft, am Samstagnachmittag in der Leseecke aufgestellt und geschmückt werden. Dieses Jahr wird es den Spruch: »Mama macht das schon« nicht mehr geben.

Nein, die Aufgaben müssen gerecht auf die Mädels und sie verteilt werden.

Gerne wird Madi ihnen zur Seite stehen, aber mehr nicht.

»Mädels, aufstehen!«, ruft sie nach oben.

Doch niemand reagiert.

»Mädels, wo bleibt ihr? Die Schule lockt!«

Madi überlegt. Rolf kommt voraussichtlich erst am Wochenende heim. Wie schön er es doch hat, immer auf Reisen. Sie hingegen ist als Hausmütterchen immer daheim. Ihre drei Pubertiere bringen sie wirklich oft zur Weißglut, wenn Rolf nicht im Haus ist.

Madi trinkt einen Schluck des Muntermachers. Sie genießt die Ruhe vor dem Sturm, und den wird es geben. Garantiert.

»Ich glaube, ich spinne, es ist erst fünf Uhr und das ist mitten in der Nacht!«, ruft Marie erbost von oben herunter.

»Was … fünf Uhr?«, kreischt Lotte sogleich.

Und schon poltert es im Bad. Die beiden streiten, wer zuerst das Bad benutzen darf. Das unüberhörbare allmorgendliche Prozedere.

Madi drückt auf den Knopf des Radios; die Musik übertönt das Geschrei. Können sie sich nicht wenigstens einmal wie zivilisierte Menschen benehmen? Gut nur, dass die Nachbarn Müller das nicht hören. Sie sind verreist.

Elli galoppiert die Treppen herunter. »Mama, warum weckst du uns so früh? Brennt es wo?«

»Elli, nimm dir einen Kaffee und setz dich zu mir!«

»Gibt es kein Frühstück? Kein Müsli?« Fragend schaut Elli auf den leeren Tisch.

»Nun Süße, wie alt bist du? Ich denke, alt genug, um dein Müsli selbst zu richten.«

Elli will protestieren.

Als sie den gereizten Blick ihrer Mama sieht, schließt sie den Mund.

Lotte und Marie poltern die Stufen herunter.

»Ich brauche erst einen Kaffee«, fordert Lotte und setzt sich an den Tisch.

»Mama, gibt es kein Brot oder Rührei?«, fragt Marie und setzte sich grimmig neben Lotte.

»Mädels, ab heute richtet ihr euer Frühstück selbst. Da ihr nie Zeit für irgendetwas habt, geschweige denn für mich, drehe ich den Spieß um. Ihr wisst, es ist bald Heiligabend. Ich möchte mit euch eine To-do-Liste erstellen, wer von euch dreien welche Arbeit im Haus und für die Weihnachtsvorbereitungen übernimmt, sonst fällt Weihnachten aus.« Madi lehnt sich gespannt zurück und nippt an ihrem Kaffee. Wow, ich habe es geschafft, denkt sie und vermeidet, ihre Töchter anzuschauen.

Betroffen schweigen die drei. So kennen sie ihre Mama nicht.

Lotte erholt sich als Erste von Madis Ansage. »Mama, das ist nicht dein Ernst.«

»Und ob.« Madi blickt ihre Tochter an und

schmunzelt über diese Frage. Ich habe etwas bewirkt, jetzt darf ich nicht nachgeben, sagt sie sich.

Es ist still im Essbereich. Auf einmal sind die Mädels hellwach.

Sie holen sich leise ihren Kaffee. Lotte deckt den Tisch. Elli stellt das Müsli, die Milch, die Butter und den Toast dazu. Lotte rührt das Ei in der Pfanne.

Klappt doch, findet Madi. Als alle sitzen, nimmt sie ihren Block und notiert, wer wofür zuständig ist. Selbst das Festessen für Weihnachten wird durchgesprochen und aufgelistet.

Madi wird es warm ums Herz. Ein Hochgefühl durchströmt sie, dass sie ihren Töchter heute das Versprechen abgerungen hat. Keine Widerreden, kein Gemecker, keine Einwände, nichts kam von ihnen. Sogar der von Madi angedachte Sturm war ausgeblieben. Warum nur hat sie so lange mit ihrer Forderung gewartet? Sie steht auf, schüttelt den Kopf, nimmt die Liste und klebt sie mit Tesafilm an die Kühlschranktür.

Im Hause Kaiser wird in den nächsten Tagen geputzt, gesaugt und gebacken. Auch die Weihnachtsdekoration hängt. Das ganze Haus ist festlich geschmückt. Es duftet nach Zimtsternen und Pfefferkuchen.

Madi fährt mit Marie und Elli für das Weihnachtsmenü einkaufen.

Lotte und ihr Freund Elias besorgen bei der Feuerwehr, die dieses Jahr den Verkauf der Bäume übernommen hat, einen wunderschön gewachsenen Tannenbaum. Es schneit. Lotte ist ganz aus dem Häuschen, sie freut sich auf die Feiertage. Die To-do-Liste und die Forderungen ihrer Mama haben sie in den letzten Tagen sehr nachdenklich gestimmt. Sie muss innerlich zugeben, dass ihre Mama in allen Punkten recht hat. Sie verstauen den Baum in Elias' Auto.

»Ist der Tannenbaum nicht wunderschön … und vier Tage vor Heiligabend fällt Schnee«, ruft Lotte voller Freude und schmiegt sich an ihren Freund. Sie ist in den letzten Tagen sehr erwachsen geworden. »Könntest du bitte den Weihnachtsbaum heimfahren und in unsere Garage stellen?«, bittet sie ihn, »sie steht wie immer offen. Ich möchte noch ein Geschenk für Mama besorgen.«

»Und wie kommst du bei diesem Schnee heim?«

»Mit dem Bus. Das ist kein Problem für mich.« Lotte winkt ab. Sie trennen sich. Lotte will ein kleines Geschenk für Elias besorgen, daher diese Notlüge. Einen Schlüsselanhänger, den er schon öfters in einem Schaufenster bewundert hat.

Die Tage vergehen und Familie Kaiser ist immer noch mit den mit den Vorbereitungen zugange.

Freitag Nacht kommt Papa Rolf nach Hause.

Alles ist in bester Ordnung. Gemeinsam wird am Samstagmorgen gefrühstückt. Die Mädels wienern im Haus. Madi hat Zeit für Rolf. Der Morgen vergeht und es schneit immer noch.

»Lass uns Schnee schippen, so wie früher«, sagt Rolf zu Madi. Sie nickt freudig.

Zusammen gehen sie nach draußen und schippen den Schnee.

»Was hast du mit unserer Mädels-Horde angestellt?«, fragt er. »Sie sind so zahm geworden.« Madi bekommt eine Schaufel Schnee ab und Rolf lacht.

»Warte! Das wirst du büßen …« Sie dreht sich um und schippt in seine Richtung.

Rolf sieht aus wie ein Schneemann. »Genug!«, ruft er. »Ich habe dich etwas gefragt.«

»Ich erzähle es dir heute Abend bei einem Glas Rotwein – du wirst staunen«, verspricht sie ihm.

Sie gehen ins Haus zurück, ziehen sich etwas Trockenes an.

Rolf schaut auf die Uhr und stößt Madi an. Fast vier Uhr.

»Du, wann stellen wir den Baum heute auf?«

»Das Erledigen die Mädels. Ruf sie bitte. Ich bringe etwas Weihnachtsgebäck und wir machen es uns gemütlich.« Madi holt eine Schüssel aus dem Schrank und geht in die Vorratskammer.

Rolf bespricht sich mit den Töchtern. Kein Widerstand. Nichts. Dafür zeigen sie auf die Liste, die am Kühlschrank hing. Jetzt dämmert bei Rolf einiges.

Elli bringt den Karton mit dem Schmuck für den Weihnachtsbaum, während Lotte und Marie den Baum aus der Garage holen wollen.

Suchend schauen sie sich in der ersten Garage um. Wo hat Elias den Baum hingestellt? Maria öffnet die zweite Garage. Aber außer Mamas Auto und den Autoreifen ist hier nichts. Kein Tannenbaum.

Lotte ist entsetzt. »Ich rufe Elias an!« Schnell greift sie zum Handy und wählt seine Nummer. »Nur der Anrufbeantworter«, stöhnt sie. Sichtlich enttäuscht gehen die beiden ins Haus.

»Mama, Papa, der Baum ist weg«, erklärt Lotte traurig.

Im selben Moment hält ein Auto in der Einfahrt. Es ist Elias. Lotte stürmt in Hausschuhen hinaus in den Schnee. Noch bevor Elias aussteigen konnte, brüllt sie: »Elias, wo ist der Tannenbaum?« Vor Enttäuschung laufen ihr die Tränen runter.

»Schatz, in der Garage. Ich habe ihn dort hineingestellt.« Und schon steigt Elias aus und schaut in den Garagen nach. Der Baum ist nicht zu finden.

»Was nun?«, fragt Lotte schniefend. »Alles sollte so perfekt werden und nun haben wir keinen Baum.«

»Moment, ich bin in einer halben Stunde zurück.« Elias sperrt sein Auto auf und fährt davon.

Alle sitzen traurig im Wohnzimmer vor dem Kamin. Was nun? Sie haben keinen Tannenbaum und die Läden sind schon geschlossen.

»Kein Problem, dann haben wir halt dieses Jahr keinen,« meint Papa Rolf geknickt.

Es klingelt Sturm. Elias ist zurück. Er schleppt einen riesigen Karton auf den Schultern.

»Wo soll er hin?«, fragt er und beginnt, einen künstlichen Weihnachtsbaum auszupacken.

»Hier, Richtung Kamin.« Lotte hilft ihm dabei.

»Großartig, er sieht aus wie ein echter Tannenbaum«, rufen sie durcheinander. Marie und Elli schmücken ihn mit Kugeln. Dieser Baum hat sogar schon Weihnachtslichter. Sie brauchen nur den Stecker in die Steckdose stecken, und der Weihnachtsbaum erstrahlt in seiner ganzen Helligkeit. Familie Kaiser und auch Elias sind begeistert.

Das Weihnachtsfest wird, dank Elias' Lösung doch perfekt. Er hat diesen Baum seiner Schwester geholt. Sie ist dieses Jahr das erste Mal in der Weihnachtszeit verreist, so stand er bei ihr noch unbenutzt in der Garage.

Während der Feiertage bekommt Familie Kaiser Besuch. Niemand bemerkt, dass dieser Baum nicht echt ist, und wenn doch, wäre es der Familie auch egal. Noch bevor Elias' Schwester aus den Ferien zurückkehrt, bringt er den Baum zurück.

Ende Januar kommen die Nachbarn Klausmann von ihrer Reise zurück.

Als Herr Klausmann in seine Garage fahren will, versperrt ihm dort ein Tannenbaum den Weg.

»Wem gehört der und wer hat ihn in unsere Garage gestellt?« Verblüfft schaut Herr Klausmann seine Frau an. Sie zuckt mit den Schultern.

Das Ehepaar Kaiser kommt gerade vom Winterspaziergang zurück. Freundlich begrüßen sie die Nachbarn. Herr Klausmann deutet auf den Tannenbaum in seiner Garage.

»Da ist er ja«, ruft Rolf außer sich vor Freude. Er und Madi sehen sich an und lachen.

»Elias und Lotte haben diesen Baum gekauft«, erklärte Frau Kaiser. »Elias sollte ihn heimfahren und in die Garage stellen. Dabei hat er wohl die Garagen verwechselt.«

Herr Klausmann schaut seine Frau verblüfft an und erzählt von dem Missgeschick. Sie hatten am selben Tag ihr Auto beladen und waren abgereist. Unterwegs fiel ihnen ein, dass das Garagentor noch offenstand. Elias hatte die offenstehende Garage wohl gesehen und den Baum hineingestellt. Sie waren zurückgefahren und Herr Klausmann hatte, ohne nochmals einen Blick in die Garage zu werfen, vom Auto aus mit der Fernbedienung das Tor geschlossen.

Am Abend besucht das Ehepaar Klausmann seine Nachbarn Rolf und Madi Kaiser. Bei einem Glas Rotwein wird auf die Episode Tannenbaum und auf weitere gute Nachbarschaft angestoßen. Diese Geschichte von den Nachbaren Klausmann und Kaiser dreht im Blumenwiesenweg noch lange ihre Runde. Es zaubert einigen Anwohnern ein Schmunzeln ins Gesicht und sie sind sehr froh darüber, dass es bei ihnen keine Diebe gibt, die Weihnachtsbäume stehlen.

Wilmas Tannenbaum

Die Zeit drängte bis Weihnachten. Menschen tummelten sich mit bepackten Taschen durch die Stadt.

Ulla unter ihnen. Schwer beladen mit den Weihnachtseinkäufen marschierte sie Richtung Auto. Sie zückte den Schlüssel und der Kofferraum öffnete sich. Flink war der Einkauf verstaut. Ulla sah auf die Uhr. Schnell zur Bank.

Unbeschwert wie ein Kind sprang sie die drei Stufen zur Hausbank hinauf. Der Schalter von Frau Müller war geöffnet. Sie steuerte auf ihn zu.

»Frau Müller, ich möchte den Bastelkarton für Wilma abholen.«

»Oh ja. Ich habe einen aufgehoben«, meinte sie, öffnete eine Tür neben dem Schalter und reichte den Karton durch.

»Der ist aber groß. Hoffentlich bekomme ich ihn in meinen Mini«, sagte Ulla erstaunt.

»Aber bestimmt. Und bitte denken Sie daran, in sechs Tagen ist dann die Abgabe für den fertigen Tannenbaum.«

»Ja ich weiß, Frau Müller, ich bin spät dran. Wilma und ich werden ihn pünktlich abliefern.«

Ulla packte den Karton mit beiden Händen und lief zurück zum Mini. Schloss die Autotüren auf. Doch egal, wie sie die Schachtel auch drehte und wendete, sie passte nicht hinein.

Was nun? Ein Mann kam des Weges und schaute eine Weile zu.

»Kann ich Ihnen helfen?«, fragte er schließlich.

»Gerne!«

»Öffnen Sie bitte den Kofferraum.«

Ulla drückte auf den Knopf am Schlüssel und der Kofferraumdeckel schnellte in die Höhe.

»Wow. Voll«, entwischten ihm die zwei Worte. Bevor Ulla etwas sagen konnte, bückte er sich und lud die Taschen und Tüten aus. Nun standen sie auf dem Gehweg. Er kippte die Rücksitzlehne um und verstaute den Karton, die Taschen und Tüten wieder sorgfältig im Inneren. Lächelnd zog er die Heckklappe zu. »Gute Fahrt.« Dann drehte er sich um und schlenderte weiter.

»Hallo, vielen Dank«, rief Ulla ihm nach. Doch er dreht sich nicht um. Für ihn war diese Hilfeleistung sichtlich abgeschlossen.

Ulla fuhr nach Hause. Was für eine Begegnung, dachte sie. Sollte sie Johann davon erzählen? Nein, es war ja nicht so wichtig.

Wilma wartet schon ungeduldig. Der Paketinhalt entpuppte sich als Tannenbaummodell.

Die Teile waren vorgestanzt, damit man sie herauslösen konnte. Wilma brauchte nur dagegen zu drücken, schon fielen die Modellteile heraus. Sie legte sie auf den Schreibtisch und schaute sich die beigefügte Schablone genauer an. Es war ein Steckmodul.

Ulla rief aus der Küche, wo sie alles Eingekaufte wegräumte, »Soll ich dir helfen?«

»Nein, Mami, ich bin gleich fertig. Der Zusammenbau ist einfach. Es gibt zwei Vorlagen für den Baum mit Zweigen für links und rechts. In der Mitte der Baumlänge ist ein Ausschnitt. Ich brauche die Teile nur ineinanderstecken. Wenn ich dich brauche, rufe ich dich«, antwortete Wilma, »außerdem bin ich doch schon groß, zehn Jahre alt.«

Ulla sagte: »Stimmt, also lasse ich dich jetzt

machen, viel Spaß.« Sie setzte sich an den Computer, um etwas zu arbeiten.

Wilma fand im Paket noch eine runde Schablone als Unterboden für den Baum. Hier war ein Kreuz eingeritzt. Sie stellte den Baum hinein. Er passte. Aber sie musste ihn mit Kleber befestigen, damit er nicht umfiel. Flugs war sie fertig und der Tannenbaum stand. Er war ungefähr dreißig Zentimeter hoch. Sie war richtig stolz auf ihr Können.

»Du siehst sehr nackig aus. Ich schmücke dich zu einem prachtvollen Weihnachtsbaum.«

Sie zog ihre Weihnachtskiste mit den Basteleien unterm Bett hervor. Diese barg einige Schätze. Grüne, rote und braune Acrylfarben. »Ich werde dich bemalen.« Sie holte aus der Küche zwei Gläschen Wasser und stellte zwei Pinsel hinein. Breitete eine Zeitung als Unterlage aus. Der Tisch sollte nicht schmutzig werden, schließlich war es ihr Schreibtisch. Mit einem breiten Pinsel bemalte sie die Zweige grün. Den Baum und seinen Stamm braun.

»So, nun solltest du trocknen. Du siehst gut aus. Es ist spät, ich gehe schlafen. Bis morgen, lieber Christbaum. Dann wirst du geschmückt.«

Die Sonne strahlte ins Wilmas Zimmer. »Guten Morgen, liebe Sonne. Hast du schon meinen Weihnachtsbaum gesehen?« Sie gähnte und streckte sich. Mit Schwung hüpfte sie aus dem Bett und fischte sofort in ihrer Deko-Kiste nach den roten Mini-Weihnachtskugeln. »Oh, was bist du denn für ein goldener Blechstern. Du bist aber wunderschön. Dich klebe ich auf die Tannenbauspitze.« Wilma nahm von ihrem Schreibtisch den Bastelkleber. Geschickt klebte sie die kleinen Weihnachtskugeln an den Kartonbaum. Den Stern obenauf. Sie justierte ihn mit einer Wäscheklammer, damit er nicht herunterfiel. Den Stamm verzierte sie einem Wattebausch, den sie sich aus dem Badezimmer holte. Sie formte daraus Wattekügelchen, die sie auf die Zweige klebte. Nun sah es aus, als stünde der Christbaum im Schnee.

Freudig rief sie nach ihrer Mutter: »Mami, schau wie schön er geworden ist!«

Ulla kam herein und klatschte in die Hände. »Der ist dir gut gelungen. Er ist ein echter Hingucker. Sollen wir ihn tatsächlich zur Bank bringen?«

»Wie meinst du das?«, fragte Wilma.

»Er würde wunderbar auf unserer Kommode zur Weihnachtsdeko passen.« Ulla nahm Wilma in den Arm und drückte sie fest an sich. Sie liebte ihre Tochter.

»Komm, wir probieren es gleich!« Wilma war nicht zu halten.

Es läutete an der Tür.

Wilma hatte ihr Kunstwerk auf die Kommode platziert. Sie rannte zur Tür und öffnete sie zaghaft.

»Ist die Mama oder der Papa da?«

»Ja, komm herein«, Wilma trat beiseite, um den Fremden einzulassen.

Mittlerweile stand Ulla neben ihr. »Hallo«, rief sie überrascht, »Sie sind es. Was führt Sie zu uns?«

»Ich habe Sie gestern am Schalter unserer Bank gesehen. Sie haben dort Ihre Geldbörse vergessen. Meine Kollegin bat mich, Sie Ihnen vorbeizubringen.«

»Sie haben mir doch gestern geholfen, mein Auto zu beladen. Sie arbeiten bei der Bank?«

Der Fremde reichte Ulla die Geldbörse.

»Danke schön, das ist ja furchtbar nett von Ihnen. Möchten Sie einen Kaffee als kleine Entschädigung für Ihren Aufwand?«

»Nein, nein, vielen Dank. Ich möchte nicht stören.«

»Du bist von der Bank?« Wilma schaute zu ihm hoch. »Ich bin Wilma. Komm mit, ich möchte dir etwas zeigen. Wie heißt du denn?«

»Egon«, antwortete er.

Und schon zog Wilma Egon ins Wohnzimmer und zeigte auf das Prunkstück von einem Weihnachtsbaum. »Und Egon, was meinst du. Soll ich ihn zu euch in die Bank bringen? Oder daheim behalten. Ich finde, er hat hier ein schönes warmes Plätzchen. Mir gefällt es in eurer Bank nicht. Dort ist alles so kahl und kalt«, verkündete Wilma.

»Wilma!«, rief Ulla entsetzt, als sie nun auch ins Wohnzimmer kam, »du kannst doch diesen Herrn nicht einfach in Beschlag nehmen.«

»Oh Entschuldigung, ich heiße Schuster, Egon Schuster. Ihre Tochter macht alles richtig. Sie ist sehr erfrischend.« Herr Schuster machte eine kleine Verbeugung.

»Ulla Müller«, erwiderte Ulla. Wie peinlich, dachte sie. Das hättest du dir schenken können, er weiß ja, wie du heißt.

»Siehst du, Mami«, meinte Wilma.

Herr Schuster wandte sich an das Mädchen: »Bis zur Abgabe hast du ja noch fünf Tage Zeit. Du kannst es dir überlegen. Du weißt, es gibt auch einen Gewinn für den schönsten Tannenbaum.«

Wilma sah ihn mit großen Augen an. »Na gut, ich überlege es mir, doch dann möchte ich dich in deinem Büro besuchen«, forderte sie und rannte in ihr Zimmer. Herr Schuster nickte und verabschiedete sich.

»Mami, kennst du Egon?«, rief Wilma, während sie ihre Bastelutensilien wieder wegräumte.

»Ja.«

Nun war Wilmas Neugierde geweckt. »Woher?«

Ulla kannte ihre Tochter, sie würde keine Ruhe geben, bevor sie nicht wusste, was Sache war. So erzählte sie von ihrem kleinen Problem mit dem

Einladen der Bastelkartonage in ihren Mini.

»Ach so. Ist nicht so spannend«, war Wilmas Kommentar.

Wieder stand sie vor ihrem Kunstwerk, dem Christbaum. »Was meinst du eigentlich. Möchtest du in dem Regal dieser Bank stehen oder lieber hier auf der Kommode im warmen Raum?«, fragte sie. Sie wartete, doch niemand antwortete. »Na gut, dann muss ich allein entscheiden«, sagte sie.

Lange hatte Wilma gestern Abend im Bett überlegt. Zufrieden und müde war sie eingeschlafen.

Sie träumte von ihrem Prachtexemplar, dem Christbaum. Er stand im Ausstellungsregal der Bank. Er strahlte und seine Farben, die kleinen roten Kugeln und der Stern leuchteten vor sich hin. Dabei hatten sie keine Lichter. Irgendjemand rief: »Er hat den ersten Preis verdient!« Erschreckt davon wachte Wilma auf.

Es war bereits morgens. Sie rannte ins Wohnzimmer, der Christbaum stand noch da.

Ulla hatte in der Küche schon ein Müsli vorbereitet. »Guten Morgen, liebes Kind.«

Wilma setzte sich an den Küchentisch und zog ihr Müsli näher zu sich. »Mami, wir bringen meinen Weihnachtsbaum zur Bank«, meinte sie und schlürfte an ihrem Müsli.

»Gut. Ich muss heute sowieso noch zur Bank, das passt.«

Nach dem Frühstück packten Ulla und Wilma den Weihnachtsbaum in einen Wäschekorb. Luden ihn dann in den Kofferraum des Mini. Sie fuhren zur Bank und trugen den Korb hinein.

Wilma hatte Herrn Schuster gleich entdeckt. Er beugte sich gerade an einem Schreibtisch zu einem Kollegen. »Hallo Egon, wir sind da und bringen den Weihnachtsbaum«, rief sie aufgeregt.

Beide Herren sahen auf und schmunzelten. Ulla versuchte Wilma noch zu bremsen. Jedoch, es war zu spät. Sie bemerkte, wie ihr das Blut in den Kopf schoss. Sie kannte sich. Immer wenn Wilma so spontan wurde, war ihr die Lage peinlich und sie bekam einen feuerroten Kopf.

Herr Schuster überspielte das mit einem Lächeln. Freundlich kam er auf Ulla zu. »Guten Morgen.«

Ein Stein fiel Ulla vom Herzen, sie lächelte erleichtert und entschuldigte sich, dass Wilma so vorlaut war.

Herr Schuster winkte ab. Er nahm den Korb und bat sie mitzukommen. Sie betraten eine weihnachtlich geschmückte Ecke. Hier stand ein Wandregal, prächtig gefüllt mit vielen Weihnachtsbäumen, die andere Kinder gebastelt hatten. Hier war es schön warm.

»Was meinst du, Wilma, könnten wir deinen Baum hierherstellen? Findest du, es wäre für ihn warm genug?«, fragte Herr Schuster und sah sie eindringlich an.

»Aber ja, bitte«, kam es leise von ihren Lippen. Sie war gerührt. So eine wunderhübsche Weihnachtsecke mit einer angrenzenden Kinderspielwiese, das hatte sie hier nicht erwartet. Wenn sie mit ihrer Mami die Bank besuchte, kam sie nur bis zum Schalter. Was sie sah, ließ sie nur staunen.

Herr Schuster stellte den Weihnachtsbaum ins Regal. Wilma verabschiedete sich von Egon und verließ mit ihrer Mama die Bank. Die Besichtigung von Egons Büro hatte sie im Eifer vergessen.

Sieben Tage später kam ein Schreiben von der Bank. Die Familie saß beim verspäteten Frühstück. Wilma legte den Brief ihrem Papa auf den Frühstücksteller. Er öffnete ihn und las.

»Eine Einladung zu einer Preisverleihung?«, fragte er überrascht. Er runzelte die Stirn.

»Ja, Papi du bist so selten daheim. Du weißt nicht, was ich alles kann«, erklärte Wilma ein wenig schnippisch. »Mami, klärst du bitte Papi auf«, bat sie und räumte ihren Platz.

Wilmas Papa hatte sich extra freigenommen für die Preisverleihung. Ihre Aussage ›Du bist ja selten daheim‹ war ihm sehr zu Herzen gegangen. Er wollte, nein, er musste unbedingt dabei sein.

Festlich gekleidet machten sich die drei auf den Weg zur Bank. Herr Schuster wartete schon auf sie. Jede Menge Kinder mit ihren Eltern waren da. Auch die Presse.

Ein Siegerpodest war vorbereitet. Zwei Kinder standen schon darauf. Herr Schuster schob Wilma dazu. Er ergriff das Mikrofon und hielt eine Ansprache für die Kinder und deren Eltern.

»Nun zur Preisverleihung«, gab er bekannt.

Wilma und die anderen Kinder auf dem Podest zappelten ungeduldig.

Herr Schuster hatte drei gelbe Briefumschläge in der Hand. Er begann sie nacheinander zu öffnen. Dann las er vor und überreichte die Preise.

»Der dritte Preis von hundert Euro geht an Johann Marx. Der zweite Preis von zweihundert Euro geht an Petra Weise und der erste Preis von dreihundert Euro geht an Wilma Müller.«

Wilma war ganz aus dem Häuschen. Sie konnte nicht fassen, was sie hörte. »Mami, Papi, habt ihr gehört, was Egon vorgelesen hat?«, rief sie begeistert.

Herr Müller schaute seine Frau an und fragte: »Egon?«

Ulla drückte seinen Arm und flüsterte, »das erkläre ich dir später.« Auch sie war sichtlich gerührt.

In der Benediktinerkirche
Voices of Joy / Concert

Ein Weihnachtslied erklingt.
Wer mag es sein? Wer singt?
Aus dem Mittelgang tritt hervor
ein singender Gospel-Chor.
Erfüllt den Raum mit vollem Klang.

Mich berührt, der wunderbare Gesang.
Besinnlichkeit steig in mir auf.
Tränen, sie nehmen ihren Lauf.

Bin zutiefst gerührt, in meinem Herzen.
Wunden reißen auf und schmerzen.
Der Schmerz gilt dir, meinem Sohn.

Wo immer du bist.
Du wirst so sehr vermisst.
Wie doch die Zeit verrinnt.

Advent und Weihnachtszeit beginnt.
Wie jedes Jahr.
Gefolgt von deinem Geburtstag, dem Neuen Jahr.

Die Autorin

Die Autorin wurde 1945 als Deutsch-Österreicherin geboren, sie lebte bis April 1955 in der ehemaligen DDR. Heute ist sie im Schwarzwald zuhause. Mit ihrem Buch Fluch(t) erreichte sie im Jahr 2015 bei Amazon auf einer Bestseller Kindheitserinnerungen Liste Rang 95.

Mehr zu ihrer Person auf. www.vero-kaa.de

Vero KAa, Mühlenweg 6. D- 78089 Unterkirnach

Meine Autorenseite Vero KAa bei Amazon: https://tinyurl.com/y6256qrt

Weitere Bücher von Vero KAa

Zu beziehen bei Amazon als E-Book und Taschenbuch.

ISBN: 978-3737548069

ISBN 978-3-7375-6-0290

ISBN 978-3-7375-6-6520

Ein Bratapfel erzählt !

ISBN: 978-3869317717

ISBN: 978-3740750527

ISBN: 978-3-7375-0894-0

Printed in Poland
by Amazon Fulfillment
Poland Sp. z o.o., Wrocław

70232831R00092